雪国

ゆきぐに

[日]川端康成 著

吉翔 译

北京理工大学出版社

图书在版编目（CIP）数据

雪国 / (日) 川端康成著 ; 吉翔译. -- 北京 : 北京理工大学出版社, 2022.12
（海棠花未眠 : 川端康成精品集）
ISBN 978-7-5763-1741-1

Ⅰ. ①雪… Ⅱ. ①川… ②吉… Ⅲ. ①中篇小说—小说集—日本—现代 Ⅳ. ①I313.45

中国版本图书馆CIP数据核字（2022）第182395号

出版发行 / 北京理工大学出版社有限责任公司
社　　址 / 北京市海淀区中关村南大街 5 号
邮　　编 / 100081
电　　话 / (010) 68914775（总编室）
(010) 82562903（教材售后服务热线）
(010) 68944723（其他图书服务热线）
网　　址 / http: //www.bitpress.com.cn
经　　销 / 全国各地新华书店
印　　刷 / 三河市金元印装有限公司
开　　本 / 880 毫米 × 1230 毫米　1/32
印　　张 / 7.75
字　　数 / 171 千字
版　　次 / 2022 年 12 月第 1 版　2022 年 12 月第 1 次印刷
定　　价 / 269.00 元（全 6 册）

责任编辑 / 李慧智
文案编辑 / 李慧智
责任校对 / 刘亚男
责任印制 / 施胜娟

目录
CONTENTS

» 雪国

火车穿过县界上长长的隧道，在信号所前停了下来。夜幕下白茫茫的一片，这里便是雪国。

坐在岛村对过儿的姑娘起身走过来，将他前面的玻璃窗放了下来。寒冷的空气迎面扑来。姑娘将半个身子探出窗外，向远方呼喊着：“站长先生，站长先生！”

一名男子手里拎着提灯，踏雪缓步走来。只见他用围巾把鼻子包裹得严严实实，毛皮帽子的帽耳垂在耳边。

天已经这么冷了吗？岛村心里嘀咕着，眼睛望向窗外，只看到一片工棚零零散散地分布在山脚下，像是铁路工人的宿舍，显得有些萧条。远处的白雪早已被吞没在黑暗之中。

“站长先生，是我。您好啊！”

“呀，这不是叶子姑娘吗！你回来了？这天又冷了。”

“我弟弟说他这回来这边工作了，承蒙您照顾！”

“这种冷清的地方，估计他很快就会耐不住的。那么年轻，也是可怜啊。”

“他毕竟还是个孩子，还请站长先生多管教他。拜托您了。”

“没问题！他工作很卖力，很快就要忙起来了。去年这时节就下了大雪，还时不时地闹雪崩，有火车抛了锚，为了让旅客不饿肚子，连村里人都跟着忙活。”

“站长先生穿得真厚啊，我弟弟在信里说他连背心都还没穿呢。”

“我可是穿了四层呢。那些年轻人啊，天一冷就光知道喝酒，这不都感冒了，在那儿横七竖八地倒着呢。”站长用手中的提灯指了指宿舍的方向。

“我弟弟也喝酒吗？”

“他不喝。”

“站长先生这是要回去了吗？”

“我受了点儿伤，每天都得去看大夫。”

“呀，您可得保重啊。”

和服外面套着大衣的站长似乎想赶快结束这段寒风中的对话，他转过身说道：“那就这样，你路上多保重。”

“站长先生，我弟弟这会儿还没来吗？”叶子的目光在雪中四处搜寻着，“站长先生，您可要好好管教我弟弟啊，拜托您了。”

那语气美到有些凄凉。夜幕下的雪地上久久萦绕着嘹亮的回声。

火车已经开动，叶子却依然半个身子探在窗外。直到火车追上在铁道边走着的站长时，她又喊道：“站长先生，麻烦您转告我弟弟，让他再休息的时候回趟家。”

“好。”站长扯着嗓子应道。

叶子这才关上车窗，用双手捂住红通通的脸颊。

这座山位于县界之上，山下配备了三台除雪车，等待大雪的降临。隧道的南北方向架设了以电力驱动的雪崩报警线。总计五千多名除雪工人以及两千名消防组青年团团员正严阵以待，除雪准备工作已经就绪。

当岛村听说自打今年冬天起，这位叶子姑娘的弟弟就在这个即将被大雪掩埋的铁道信号所工作了，对她的兴趣便更浓了。

然而，所谓的“姑娘”只不过是岛村自以为的罢了。和她一起的那个男人是她什么人，岛村自然不得而知。从两人的举动来看，倒很像是夫妻，不过那男人显然是个病人。人在对待病人时，总会在不知不觉间忽略男女之间的界限，照顾得越细致，看上去就越像夫妻。实际上，女人以一副“小妈妈”的模样照料年长的男人，远远看去，难免会被当作夫妻的。

也就是说，这只不过是岛村将她单独分离出来，并根据她的举止神态，擅自认定她是个姑娘罢了。但或许也是因为他用异样的目光盯了姑娘太久，以至于掺杂了几分他自己的感伤。

三个钟头之前，岛村上下左右晃动着左手食指，打发着无聊的时间。他紧盯着这根手指，发现到头来，也只有这根手指还清晰地记着那个他要去见的女人。他想让记忆变得清晰，可越是着急，记忆就越模糊，似乎只有这根手指依然湿润，残留着抚摸那女人时的触觉，将自己引向远方她的身边。他觉得不可思议，将这根手指放到鼻子边嗅了嗅，不经意地在车窗玻璃上画出一条线，却见那里清晰地浮现出一只女人的眼睛。他惊讶得差点儿叫出声来。不过待他拽回飘远的思绪定神一看才发现，那只是坐在斜对面的女人的影子罢了。窗外夜幕降临，车厢内亮起了灯，于是车窗玻璃就变成了镜子。只不过这全是因为暖气让玻璃蒙了水汽，在他用手指擦掉水汽之前，那面镜子并不存在。

只有姑娘的一只眼睛映在其中，反倒显得异常美丽。岛村将脸贴近车窗，并赶忙摆出满怀旅愁的模样，用手掌擦了擦玻璃，像是在欣赏暮景。

姑娘微微倾着身子，低着头，专心地看着躺在自己身前的男人。她双肩紧绷，表情略显严肃，眼睛一眨不眨，足见她有多么用心。男人躺在那里，头靠着窗边，弯曲的腿搭在姑娘身旁。这是三等车厢。他们的座位不在岛村的正侧方，而是在过道对面前一排，所以镜中并未映出那个侧躺着的男人的脸，而只是映出他耳边那一小块儿地方。

姑娘正好坐在岛村的斜对面，所以岛村是可以直接看到她的，不过他们刚上车的时候，岛村被她清澈动人的美貌给惊艳到了，以至于低下头不敢直视，却看到男人那双黄中泛青的手紧紧抓着姑娘的手，这让岛村不好意思再朝他们看过去。

镜中的男人目光落在姑娘的胸脯上，显得平静而安详。虽然身体孱弱，但却散发出一种恬静和谐的气息。他头下枕着围巾，围巾两端从鼻子下面绕过，将嘴巴捂得严严实实，再往上包裹住脸颊，就像用围巾包住了头。围巾时而松落下来，时而又盖住鼻子。每次男人的眼睛刚一转动，姑娘就会轻柔地替他将围巾重新掖好。

两个人无意识地一次次重复同样的动作，让一旁看着的岛村都觉得有些不耐烦。男人双腿上裹着外套，衣摆时不时地散开并垂落下来。姑娘每次也都会马上察觉到，并立刻帮他重新裹好。一切都是那么自然。甚至让人觉得这两个人会忘却所谓的距离，就这样向着漫无边际的远方越行越远。也正因为如此，眼前这悲伤的场景并没有让岛村觉得心酸难过，仿佛他看到的都只是梦中的幻境。究其原因，或许是因为这一切都是奇妙的镜中景吧。

黄昏的景色在镜子的背后飞逝而过。镜中的映像与镜子背后的景色如同电影中的重叠画面。出场人物与背景毫不相干。人物是透明的幻影，背景则是朦胧流逝的薄暮，二者交融在一起，勾画出一个不寻常的象征主义的世界。特别是当姑娘的脸庞与山野灯火重叠的那一刻，有一种难以名状的美，让岛村的心都不禁为之震颤。

远山的上空依稀残留着晚霞的余晖，透过车窗望去，远方的风景依然轮廓清晰，却已失去了颜色，那随处可见的山野看起来更加平常无奇，没有任何引人注意的特别之处，却反倒暗自涌动着一股情感的洪流。这自然是因为姑娘的脸庞曾经浮现其中的缘故。只有映着姑娘身影的部分看不到窗外的景色，而在姑娘轮廓的周围，暮景不停变换，使得姑娘的脸庞也生出一种透明感。然而那是真的透明吗？从脸庞背后流逝的暮景如同从脸庞表面闪过一般，让人产生一种错觉，根本无从分辨。

车厢里也不是很亮堂，玻璃窗自然比不上真镜子那般清晰。这让岛村看得越发入神，渐渐地，他忘记了镜子的存在，竟以为是姑娘飘浮在那飞逝而过的暮景之中。

就在那时，灯火点亮在姑娘的脸庞。镜中的映像并未清晰到能遮住窗外的灯火，灯火也没有遮住映像。就这样，灯火闪过姑娘的脸庞，却没能将她照亮。那光冰冷而遥远。当姑娘那小小的眸子周围被映照得微红，也就是当灯火与姑娘的眼睛重叠的那一瞬间，那眼睛仿若妖冶美丽的萤火虫，漂荡在黄昏的波浪之间。

叶子根本察觉不到有人如此注视着她，她的全部心思都放在病人身上。即使她转过头看向岛村那边，应该也看不到自己映在车窗玻璃上的身影，更不会去留意什么望向窗外的男人。

岛村偷偷看了叶子很长时间，却忘了这对她很不礼貌，或许是因为他早已被镜中暮色那虚幻的力量俘获了吧。

所以，当她呼喊站长并同样流露出某种过分严肃的神情时，或许岛村的心中早已对这个姑娘背后的故事产生了兴趣。

火车通过信号所时，窗外只剩漆黑一片。没了窗外流逝的风景，镜子也便魅力尽失。叶子美丽的脸庞依然映在其中，尽管她的动作还是那么温柔，但岛村却在她身上重新发现了一种清凛的冷漠，也便不想再去擦镜子上的雾气了。

然而令岛村没有想到的是，仅仅半个小时之后，叶子他们就和他在同一个车站下了车。他不由得回头望去，总觉得还会发生点儿什么，好像会与自己有关。可当站台上寒冷的空气将他包裹住时，他忽然为自己在火车上的无礼行为感到羞愧，于是便头也不回地从火车头前面绕了过去。

男人扶着叶子的肩膀，正打算走下铁轨时，被对面的站务员抬手制止了。

不消片刻，一列长长的货车从黑暗中驶来，挡住了二人的身影。

前来招揽客人的旅馆伙计裹着严严实实的防雪服，裹住耳朵，脚蹬胶皮长靴，俨然一副火场消防员的模样。在候车室里，一个女人披着蓝色斗篷，戴着蓝头巾，隔着窗户向铁轨的方向眺望。

岛村的身上依然残留着车厢中的热乎气儿，还没真正感觉到外面的寒冷。这是他第一次在冬天来雪国，刚一到就被当地人的打扮吓了一跳。

“有那么冷吗？用穿成这样吗？”

“是啊，大家都已经换上过冬的衣裳了。赶上雪后放晴，头天晚上就会特别冷。今晚到这个时候，应该已经降到零下了吧。”

“都零下了？”岛村望了望屋檐下头玲珑剔透的冰柱，和旅馆伙计一同上了车。家家户户的矮房顶在茫茫雪色中显得更加低矮了。整个村庄一片静寂，宛如沉没在深渊之底。

“怪不得摸什么都感觉特别冷呢。”

“去年的最低温度是零下二十几度。”

“雪大吗？”

“通常有七八尺厚，雪大的时候得有一丈二三吧。”

“现在还没到下大雪的时候吧？”

“是啊，还没呢。这雪是前阵子下的，只有一尺来厚，已经化了不少了。”

“也有化的时候啊？”

“现在这时节，不知道什么时候就会下场大雪。”

此时是十二月初。

岛村之前得了感冒，拖拖拉拉着总不好，此刻却有一股凉气经过他那原本不通气的鼻子直冲脑仁儿，清鼻涕淌个不停，仿佛要把脏东西都冲洗掉似的。

“老师傅家的姑娘还在吗？”

“嗯，还在。刚刚她就在车站里，您大概没看到吧，那个穿深蓝斗篷的就是她。”

“是她？过会儿能不能叫她过来？”

“今晚吗？”

“今晚。”

“听说老师傅的儿子乘今天最后一班车回来，她去接站了。”

岛村在暮景之镜中看到的那个被叶子悉心照料的病人，竟是他此次来见的那个女人师傅家的儿子。

得知此事后，岛村感觉仿佛有什么东西穿透了自己的胸口，但他并没有觉得这种机缘巧合有多么不可思议，倒是很奇怪自己居然没觉得不可思议。

一个是凭手指触感记忆的女人，另一个是眼眸有灯火点亮的女人，在岛村的内心深处，仿佛预感到这两个女人之间会有着某些联系，或是会发生某些事情。或许他还没有从暮景之镜中彻底清醒过来。“那暮景的流逝，原来是象征着时间的流逝啊。”他忽然喃喃自语道。

滑雪旺季到来前的那段时间，温泉旅馆里的客人最少。岛村走出室内温泉时，旅馆里已是一片寂静。他走在陈旧的走廊上，每踏出一步，玻璃窗都会被震得微微作响。在走廊尽头账房的拐角处，一个女人挺拔地站在那里，和服下摆铺在冰凉油黑的地板上。

看到女人的和服下摆，岛村明白，她终归还是当了艺伎，心中不禁一惊。女人没有朝岛村这边走过来，也没有挪步迎客的意思，只是一动不动地站在那里。这让岛村远远地就感觉到了她的真诚。他赶忙走上前去，站在她的身边，却沉默不言。女人脸上涂着厚厚的白粉，想给他一个微笑，却露出一副要哭出来的表情。于是两人就这样默默地朝房间走去。

两人之间发生过那种事，可他竟然未曾写信，也未曾来见她，更没有像约定的那样送来舞蹈造型方面的书籍。在女人看来，他定是已将自己忘在脑后了，而自己也只能一笑了之。在这种情形下，理应是岛村先道个歉或者给个解释，但两人谁都没有看向谁，只是默默地走着。岛村感觉女人非但没有责怪他的意思，反而浑身上下都流露出一种眷恋之情，这让他越发觉得无论说些什么，都只会显得自己不够真诚。岛村完全沉浸在一种被她慑服的甜蜜喜悦之中。

走下台阶后，他突然将握拳的左手放到女人面前，只伸出食指说道："这家伙最记得你哦。"

"是吗？"女人一把抓住他的手指便没再松开，拉着他的手走上台阶。

被炉前，女人松开他的手，脸一下子红到了脖子根儿。于是她赶忙再次抓起他的手，以掩饰自己的窘态。

"是它还记得我吗？"

"不是右手，是这只手啊。"他将右手从女人的手心中抽出来，放进被炉，再把握着拳头的左手伸了过去。

她装出一副满不在乎的模样，口中说道："嗯，我知道啊。"

说罢抿嘴笑了起来，同时把岛村的手掌摊开，将脸靠在上面。

"你是说它还记得我？"

"哎呀，好凉啊。我从没摸到这么凉的头发。"

"东京还没下雪吗？"

"虽然那时候你那样说，但那终归不是真心话。不然的话，谁会大年底的跑到这冰天雪地里来。"

那个时候，雪崩危险期已过，草木吐出新绿，已经进入登山的季节。

饭桌上很快就要看不到木通的新芽了。

岛村饱食终日，无所事事，不知不觉之间甚至对自己都常常是漫不经心。他觉得大山可以帮他唤回失去的热情，于是经常一个人去爬山。那天晚上，已在县界群山中逗留七天的岛村一来到温泉浴场，就立刻让人去叫艺伎。但旅馆的女佣却告诉他说，由于当天举办道路竣工典礼，村子里热闹非凡，连茧房兼戏棚都被当成宴会场地了，这里只有十二三名艺伎，根本不够用，所以应该没人能过来。不过老师傅家倒是有个姑娘，即便去宴会帮忙，顶多跳上两三段舞也就回家了，没准可以叫过来。岛村再次询问后，旅馆女佣向他简单地说明了姑娘的情况：教授三弦琴和舞蹈的师傅家有个姑娘，虽然不是艺伎，但遇到大型宴会之类的，偶尔也会被叫过去。村子里没有半玉[1]，很多中年艺伎又不愿意跳舞，所以这姑娘挺受重视的。虽然她很少独自一个人去旅馆客人的房间，但也不能说是完全没有经验。

岛村觉得这事不靠谱，也就没太往心里去。大概过了一个钟头，女佣带来了一个女人，岛村有些意外，不禁端正了坐姿。女佣打算立刻起身离开，女人却拽住了她的衣袖，让她继续坐在那里。

女人给人的印象就是干净，干净到难以想象，让人不禁联想到她的脚趾缝里应该也是干净的。岛村甚至有些怀疑，是不是因为自己刚看过初夏的群山才会产生这样的错觉。

---

① 半玉：学徒中的艺伎，只能得到相当于真正艺伎一半的工资。

女人的打扮有些许艺伎范儿，不过和服裙摆自然没有拖在地上，柔软的单衣穿得整整齐齐。只有腰带不太相称，好像很昂贵，看起来反倒令人心酸。

他们开始聊起山里的事，女佣便趁机起身离开了。不过这女人却连从村子里可以望见的几座山的名字都叫不全。见岛村没有喝酒的兴致，女人竟坦率地讲起了自己的身世。她说她就出生在这个雪国，在东京当御酌[①]时，有个恩主替她赎了身，本指望靠那恩主谋个营生，将来当个教日本舞的师傅来维持生计，可仅仅过了一年半，那恩主就死掉了。不过对于那人死后至今的这段经历，她看似不想这么快就说出来，或许那才是她真正的身世。她说自己十九岁。如果没撒谎的话，这个自称十九岁的女人看上去倒像是二十一二岁。岛村这才不那么拘束，与女人聊起歌舞伎的事来，竟发现她对于那些艺人的演技风格和消息，比他知道得还要清楚。或许是一直渴望有个人能陪她聊聊这些，所以她聊得非常起劲儿。聊着聊着，便流露出了烟花女子那种特有的自来熟，她似乎也略懂男人的心思。不过尽管如此，由于岛村一开始就认定她是个普通人家的姑娘，再加上他已经一个星期没跟人好好说过话了，正满心希望与人亲近，故而首先便对这女人生出了一种类似友情的好感。独行山野的感伤情绪，也影响到了他面对女人的心境。

第二天下午，女人将浴具放在走廊外，顺便跑到他房间玩。

女人刚刚坐下，岛村突然说道：“帮忙叫个艺伎过来。”

“帮忙？”

① 御酌：陪酒的侍女或半玉，此处为后者。

“你明白的。”

“太过分了！我做梦都没想到你会让我帮忙做这种事。”女人忽然面色一沉，起身走到窗边，眺望着县境的群山，不觉间脸颊染上一片绯红。

“这儿可没有那种人。”

“骗人。”

“是真的。”她猛然转过身来，坐在窗台上。

“这事绝对不能强迫的，一切全凭艺伎自愿。旅馆也从来不帮这种忙，这是真的，不信你可以找个人直接问问。”

“你试着帮我找找嘛。”

“我为什么一定要做那种事呢？”

“因为我当你是朋友啊。想留你做个朋友，所以不能跟你乱来。”

“这就是你所谓的朋友吗？”女人不觉间说出一句带有几分孩子气的话来。接着又冒出一句：“你真行啊。这种事居然会托给我办。”

“这没什么大不了的吧？我在山里练得身强体健的，脑子有些不清爽不理智，就算是跟你聊天，也做不到心无杂念嘛。”

女人眼帘低垂，沉默不语。岛村这样说，已把男人的厚颜无耻表露无遗，可她却如此反应，或许她早已沾染了风尘，对于这种事也能理解并接受吧。女人微微低着头，浓密的睫毛更衬得她柔情万种，妩媚动人。在岛村的凝望下，她轻轻摇了摇头，脸庞再次染上一片绯红。

“叫个你中意的吧。”

“我这不是在问你嘛。我头一次来这儿，也不知道谁好看啊。”

“你要叫个好看的？”

“最好是年轻的吧，年轻的话，方方面面都不容易出错。不要唠唠叨叨说个不停的，要傻乎乎的，涉世未深的那种。我想聊天的时候，会找你聊。”

“我不会再来了。”

“说什么胡话！”

“真的，我不来了。我还来干什么呢？”

“我想和你清清白白地做朋友，所以才不会和你乱来啊。”

“真不知该说你什么好。”

“如果我和你做了那种事，或许我明天就不想再看到你了，怎么还会有兴趣再同你聊天？我下山来到这个村子，难得想找人亲热一下。我不会和你乱来的，毕竟我只是个游客嘛。”

“嗯，这倒不假。”

“就是啊。站在你的角度，如果我叫了个你讨厌的女人，以后再见面时你大概就会觉得心里不舒服吧。可要是你帮我选的，或许就会好些。”

“关我什么事。”女人狠狠地甩出一句，便扭过脸去，却又说了一句，“话虽如此，可……”

“若是做了那种事，那就全完了，我会觉得无趣，恐怕关系也不会长久。”

令岛村没有想到的是，女人竟用坦率的口吻说道：“是啊！还真都是那样。我出生在港口附近，而这里又是个温泉村，所以客人基本上都是游客。当我还是个孩子的时候，就听各式各样的人说起过。说是喜欢上了某个人，当时却没能说出口，之后便总是念着，永远也忘不了，好像分别之后就是那样的。而对方能想起自己，给自己寄信来的，大多也都属于这种情况。”

女人从窗台上站起来，在床边的榻榻米上轻轻坐下。那副神情好像在回首遥远的往事，又蓦然将思绪拉回，坐在了岛村身边。

女人的声音中透着真挚。发觉女人如此轻易地就相信了自己的话，岛村反倒有些内疚。

不过他也没有说谎，眼前这个女人还不算是真正的艺伎。虽然他想要与女人温存，也不至于非要跟这个女人，他可以名正言顺、轻轻松松地找个旁人。她太干净了。从第一眼看到她的时候开始，他便没有将她与那种事联系在一起。

并且，那时候他正在犹豫该选择哪里作为夏天的避暑地，还在想要不要把家里人也带到这个温泉村来。若妻子也来这儿，而女人正好还不是真正的艺伎，妻子便有了一个很好的玩伴，还能跟她学段舞，打发一下无聊的时间。他真是这样考虑的。虽说他对这女人怀有一种类似友情的好感，可他终究跨过了那道友谊的浅滩。

当然，此时的岛村心中应该也有一面暮景之镜。或许他不只是不想与这个不清不白的女子纠缠，害怕留下后患，更是对她抱有一种不切实际的幻想，就如同暮景下那映在车窗玻璃上的女人的脸庞。

岛村对西方舞蹈的兴趣亦是如此。他生长在东京的商业区，自幼便对歌舞伎表演耳濡目染，上学期间比较偏好舞蹈和舞剧。以他的性格，一旦喜欢上一门就必须寻根究底才会满意。于是他不断搜集古老的记录，四处走访各流派的宗主，不久后还结识了日本舞的新秀，甚至开始写起研究和评论的文章来。日本舞蹈因循守旧的传统与自以为是的新尝试，自然让他感到强烈不满，促使他萌生了必须投身到实际运动中去的想法。而当日本舞蹈的年轻舞者也如此劝诱他时，他却突然改行研究起了西方舞蹈。他再也不看日本舞蹈了，转而开始收集西方舞蹈的书籍和照片，甚至费尽心思从国外弄来海报和节目单之类的东西。那绝不仅仅是出于对异国他乡和未知事物的好奇心，而是他从中发现了一种全新的快乐，而那快乐的来源便是无法亲眼看到西方人跳舞。对于日本人跳的西方舞蹈，岛村看都不看一眼，这便是最好的佐证。凭借西方的印刷品写有关西方舞蹈的文章，没有比这更安逸的事了。不看舞蹈而去评论舞蹈，简直就是匪夷所思，是彻彻底底的纸上谈兵，是虚幻的天国之诗。名义上是搞研究，其实完全就是凭空想象，不是欣赏舞蹈家用鲜活的肉体演绎出来的舞蹈艺术，而是欣赏自己基于西方文字与照片所想象出来的幻影。这就如同陷入一场永不相见的爱恋。他会时常写些介绍西方舞蹈的文章，所以勉强算个末流作家，虽然他自己也对此嗤之以鼻，不过对于无业赋闲的他来说，这也算是一种慰藉。

他那些关于日本舞蹈的话，帮他赢得了女人的好感，可见时隔多年以后，他那些旧日的知识再一次在现实生活中发挥了作用，不过从中也不难看出，或许在不知不觉之间，岛村已然将女人当成西方舞蹈那般对待了。

所以，当他发现自己带着淡淡羁旅哀愁的话语似乎命中了女人的痛处时，他觉得是自己骗了她，甚至感到内疚。

“这样一来，即使下次我带家里人过来，也能开开心心地找你玩。”

“嗯。这一点我都已经非常清楚了。”女人沉声微笑道，戏谑的语气中流露出几许艺伎的风情。

“我也最喜欢那样了，清清白白的才能长久。”

“所以啊，你就帮我叫一个过来吧。”

“现在吗？”

“嗯。”

“太吓人了，这大白天的，也说不出口啊。”

“我可不想要别人挑剩下的。”

“你居然说出这种话，你把这里当成那种为了赚钱不择手段的温泉浴场了吧？那你可错了，单是看村子里的景象你还不明白吗？”女人好像很意外，用严肃的口吻反复强调着这里没有那种女人。看到岛村不相信她的话，女人有些生气地说道：“不过退一步说，想怎么做是艺伎的自由，但要是事先不通知主家就在客人房间留宿的话，那不管出了什么事，都得由艺伎自己负责，主家一概不管，要是事先通知主家了，那主家就得负责到底。只有这点区别。”

“负责是指什么？”

“像是怀了孩子啊，弄坏了身子啊之类的。”

岛村发觉自己的问题很愚蠢，不由得苦笑，心想这村子里没准还真有这种事。

或许是因为饱食终日，无所事事，岛村很自然地萌生出一种寻求保护色的心理，旅途中每到一个地方，他都会对当地的人情风俗有一种本能的敏感。他走下山，看到这村子无比质朴的景象，立刻就感受到了一种恬静闲适。在旅馆里打听后得知，这一带果然是雪国中生活最舒适的村落之一。据说前几年铁路开通之前，这里曾是温泉疗养所，主要供农民使用。有艺伎的人家都会挂出褪色的布帘，上面印着饭馆或红豆汤馆的标记，那被烟熏得发黑的老式拉门，会让人不禁怀疑这种地方是否真有客人上门。日杂店和粗点心店也会雇上一个艺伎在店里，店主除了经营店铺，好像还要下地种田。大概因为她是老师傅家的姑娘吧，虽然没有执照[1]，偶尔去宴会帮个忙，其他艺伎也不会说三道四。

“那这里到底有多少个呢？”

“艺伎吗？有十二三个吧。”

“谁比较好呢？”岛村说着便起身去摁铃。

“我要回去吗？”

“你回去可不行。”

“我不想这样。”女人像是要甩掉屈辱似的说道，“我回去了。没事儿的，我不会多想，还会再来的。”

然而看到女佣进来后，她又若无其事地重新坐了下来。女佣问她要叫谁，问了好几遍，她也没点出一个名字来。

不过没过多久，就走进来了一个十七八岁的艺伎。岛村只看了一眼，刚从山里来到村子时那种对女人的渴望便消失殆尽了。那艺伎

---

① 执照：警察署等部门颁发的营业许可证明。

的胳膊皮肤黝黑，瘦骨嶙峋，却透出几分稚气，看起来人倒是不错。岛村朝那艺伎的方向望去，尽力不让失望的情绪流露到脸上，实际上目光却一直盯着她身后那新绿盎然的群山。眼前这个地地道道的乡下艺伎，让岛村连话都懒得说。女人看到岛村板着脸一声不吭，自以为很知趣地默默起身离开了。可她这一走，气氛就更冷清了，不过估摸着也已经过了个把钟头了，岛村想着有没有什么办法能打发那艺伎回去，忽然想起电报汇款已经到了，于是便借口赶时间去邮局，和艺伎一起走出了房间。

当岛村站在旅馆的大门口，抬头看到那新叶苍翠的后山，便好像着了魔一样，想都没想就朝山上走去。

也不知有什么好笑的，他竟一个人笑个不停。

等他感觉有些累了，才蓦地一转身，撩起浴衣的后摆，一溜烟儿地从山上跑了下来，惊起了脚边的一对黄蝴蝶。

两只蝴蝶互相追逐着，不一会儿就飞得比县境的山还要高，那黄色逐渐变成白色，越来越遥远。

“怎么了？”女人站在杉树林的绿荫下说道，“你好像笑得挺开心啊。”

“我放弃了。”岛村又莫名其妙地笑了起来。

“不找了。”

“是吗？”

女人忽然转过身，缓步朝杉树林中走去。岛村默默地跟在她身后。

那里有一个神社，长满青苔的狛犬[1]旁有一块平坦的大石头。女人在石头上坐了下来。

“这里最凉快了，即便是盛夏时分，也会有凉风吹过来。”

“这儿的艺伎全是那副样子吗？”

“差不多吧，年长的里面倒也有长得好看的。”女人低下头淡淡地说道。脖颈间好似映着一抹杉树林的暗绿色。

岛村抬眼望了望杉树梢。

“算了，一下子就没了气力。还真是怪。”

那些杉树极高，只有双手撑住身后的大石头，上身向后仰，才能看得到树顶。树干整齐地排成排，暗绿色的树叶遮住了天空，四周一片静寂。岛村背靠着的那根树干是当中树龄最长的，不知什么原因，北面的树枝已从上到下彻底枯萎，残落的树根看起来犹如倒种在树干上的尖木桩，就像凶神恶煞的兵器。

“是我误会了。我从山上下来，头一个看到的便是你，所以我就稀里糊涂地认为这儿的艺伎都很漂亮。”岛村笑着说道。直到现在他才意识到，他之所以那么轻易地就想把在山里生活了七天才养足的精神头全部消耗掉，其实是因为他一开始就遇到了眼前这个干净的女子。

女人一动不动地凝视着远处洒满夕阳的河面，有些发窘。

“哎呀，差点儿忘了，你是想抽烟了吧？”女人努力用轻松的口吻说道，刚才我回房间，发现你不在那儿，正纳闷呢，却看到你正劲头儿十足地一个人爬山。我是从窗户看到的。你这人可真怪。我看你

① 狛犬：神社或寺院的门前或殿前摆设的守护兽，类似中国的石狮子。

忘了带烟，所以就帮你拿过来了。

说着便从袖子里掏出香烟递给岛村，并帮他点上火。

“有点儿对不住那孩子。”

“这没什么的，什么时候打发她回去，还不是客人说了算。”

河中有很多石头，水声潺潺，听起来和谐而美妙。从杉树间望去，只见对面山间的褶皱逐渐阴沉下来。

“除非找个容貌不逊于你太多的，否则日后再见你时，岂不是会感觉很遗憾？”

“关我什么事，你还真是嘴硬啊。”女人嘲弄般地娇嗔道。然而此时，一种与叫艺伎之前完全不同的情愫已然萦绕在两人之间。

岛村很清楚地知道，自己一开始就只是想要这个女人，却照例兜了个圈子。他讨厌这样的自己，同时越发觉得女人很美。自从在杉树林荫中叫住他之后，女人的样子竟变得清新脱俗起来。

那纤细挺拔的鼻梁虽然略显单薄，但下面小巧紧闭的嘴唇却宛如水蛭美丽的环纹，柔软而富于弹性，不说话的时候也给人一种微微蠕动的感觉，如果嘴唇上生了皱纹或色泽不好，就会显得不干净，而她的嘴唇却是润泽晶亮。她的眼尾既不上扬也不下垂，仿佛是故意画得笔直，看上去有点儿怪怪的感觉，却刚刚好被两条短而浓密、微微下垂的眉毛包裹了起来。圆圆的脸上颧骨微微突出，轮廓很普通，但皮肤却好似雪白的瓷器上涂了层淡淡的红，脖根骨感纤细。与其说她美，倒不如说她长得干净。

对于一个当过御酌的女人来说，她的胸脯稍稍有点儿大。

“你看，什么时候飞来这么多黑蝇啊。”女人掸了掸衣摆，站了起来。

在这样一片寂静之中，两人的表情都有些不自在，气氛越发清冷。

当天夜里，大概是10点钟。女人在走廊里大声喊着岛村的名字，扑通一声栽进他的房间里，一下子趴倒在桌子上，醉醺醺地抓起桌上的东西乱扔，之后便大口大口地喝水。

她说今年冬天在滑雪场上认识了一群男人，傍晚时分，那群人翻山来到这里，恰好遇到，便邀她去旅馆的房间，还叫了艺伎，闹腾得厉害。她被灌醉了。

她晃动着脑袋，杂七杂八地乱说一通。

“这样不好，我得过去一趟。他们一定在找我，会以为我怎么了呢。我过会儿再来。”说完便踉踉跄跄地走了出去。

大约过了一个钟头，长长的走廊中再次传来杂乱的脚步声，好像有人正跌跌撞撞地朝这边走来。

“岛村先生，岛村先生。”女人尖着嗓子喊道。

“啊，不见了呀，岛村先生。”

那完完全全就是一个女人满怀挚恋呼喊自己男人的声音。岛村有些意外。那尖厉的叫声必然会惊动整个旅馆，岛村有些不知所措地站起身来，却见女人的手指已经戳破拉门纸，抓着木格条，顺势扑倒在他的怀里。

“啊，你在啊！”

女人缠着他坐下来，靠在他身上。

“我没醉哦，嗯嗯，我怎么会醉呢？难受啊，我就是难受。脑子却是清醒的哦。啊，我想喝水。真不该掺着威士忌喝，那玩意儿上头，疼。那些人买了便宜酒来，可我不知道啊。”女人说着，用手心不停地揉搓着脸。

外面的雨声忽然急促起来。

岛村稍一松手，女人便瘫软了下来。他搂着她的脖子，脸都快把她的发髻压散了，手顺势伸进了她的怀里。

对于他的要求，女人没有回应，两只胳膊紧紧交叉，像门闩一样挡在胸前，却因为喝得太醉而使不上劲儿。

“这是什么？浑蛋，浑蛋。我一丝力气也没有。这是什么啊？”女人说罢，忽然狠狠咬住了自己的胳膊肘。

岛村吓了一跳，赶紧把她的胳膊扳开，却见上面已留下深深的牙印。

不过，女人开始任他摆弄了，自顾自地乱写起来。她说要把喜欢的人的名字写给他看，然后便写下了二三十个戏剧演员和电影演员的名字，之后就一遍又一遍地不停写着“岛村”两个字。

岛村手掌中那团柔软的丰盈逐渐变得滚烫。

“啊，感觉好安心啊，好安心啊。”他柔声说道，甚至感受到一种母亲般的温暖。

女人忽然觉得很难受，挣扎着站起身来，又趴到了房间的另一个角落。

“不行，不行。我要回去，回去。”

“怎么走啊？下大雨呢。”

“我光脚走回去，我爬回去。”

“太危险了。你要回去的话，那我送你。”

旅馆坐落在一个小山冈上，有一段坡路很陡。

“你把腰带松松，或者躺着歇会儿，等酒醒了再回去总行吧？”

“那可不行！我这样待着就好，我已经习惯了。”女人端坐在那里，上身挺得笔直，胸口却有些憋闷，打开窗想吐，却又吐不出来。她想扭动翻转身体，却一直咬牙忍着。时而又像鼓起了精神，反复说着回去回去的。不知不觉间已经过了凌晨两点。

“你睡吧。好了，说了让你去睡嘛。”

“你怎么办？”

“我就这么待会儿，醒醒酒就回去，我得在天亮前回去。”女人跪坐着蹭过来，拉了拉岛村。

“都说了，不用管我，你睡吧。”

岛村钻进被窝后，女人趴在桌子上喝了点儿水，却又说道：“起来，哎，叫你起来呢。”

“你到底要我怎么样？”

“你还是睡吧。”

“说什么呢？”岛村站起身来，把女人拽了过去。

女人一开始还把脸扭来扭去不停躲闪，没过一会儿，却突然主动把嘴巴凑了上来。

但在那之后，她又梦呓般地诉说着心中的痛苦。

“不行！不行！你不是说过要做朋友的嘛。”她不知道重复了多少遍。

女人真挚的话语触动了岛村的心弦。看到女人眉头紧蹙，拼命压抑自己的那股执拗劲儿，他感觉有些意兴阑珊，甚至想要遵守与女人的约定。

“我没什么可惜的，绝没有什么可惜的。但我不是那种女人，我不是那种女人。定是不会长久的，这不是你自己说的嘛。”

女人已经醉得意识模糊了。

“不是我的错，是你的错，是你输了，是你软弱。不是我啊。”女人轻声呓语着，同时紧紧咬住衣袖，只为抑制那翻涌而来的愉悦。

她好像失了神一样安静了片刻，然后又像忽然想起了什么，尖刻地说道：“你在笑吧，在笑我吧？”

“我可没笑。”

“你心里在笑吧？就算现在不笑，之后也一定会笑的。”女人伏下身子呜咽着说道。

不过她很快便停止了抽泣，柔声细语地将自己的身世娓娓道来，像是要把自己交付给他一样。她似乎已经忘了酒醉的痛苦。对于刚刚的事情只字未提。

“哎呀，光顾着说话了，完全忘了时间。”她羞涩地微笑着。

她说她必须趁天亮前回去。

“天还黑着呢，这附近的人起得早。”她一次次地起身开窗，向外观望。

“还看不清人呢，今天早上下雨，所以没人下田。”

对面的群山与山脚下的屋顶已经在雨中浮现出轮廓，女人依然不舍离去。不过她还是趁旅馆里的人没起床之前梳好了头发，岛村想送她到门口，她也因为怕被人看见拒绝了，一个人慌里慌张逃也似的溜了出去。岛村也在那一天回了东京。

“虽然那时候你那样说，但那终归不是真心话。不然的话，谁会大年底的跑到这冰天雪地里来，事后我也没有笑你啊。”

女人蓦地抬起头，从眼皮到鼻翼两侧，紧贴岛村手掌的地方都透着绯红，隔着厚厚的白粉依然清晰可见，令人不禁想到雪国之夜的寒冷，但那乌亮的头发却让人感到些许温暖。

女人的脸上泛着浅浅笑意，很是迷人，不知是不是因为岛村的话让她想起了“那时候”，她的身体开始逐渐泛起红晕。她赌气低下头，由于衣领开口很大，甚至能看到她红通通的后背，仿若露出了整个鲜活温润的身子。许是因为发色的衬托，让这种感觉更加强烈。她额前的头发并不浓密，但发丝跟男人一样粗，没有一根拢不上的碎发，如矿石般泛着乌黑的光泽。

刚刚手碰到女人头发时，岛村曾暗叹平生头一次摸到如此冰冷的头发，现在想来，或许那并不是天冷的缘故，而是这种头发本身就是如此。岛村不觉重新打量着女人，却见女人正将手搁在被炉上，掰着手指开始数数，数起来便没完。

“在算什么呢？”岛村问道。

女人仍是一声不吭，掰着手指继续数了好一会儿。

“是五月二十三日吧。”

“哦！原来你在数日子啊，七月和八月可都是大月啊。”

“嗯，是第一百九十九天，刚好第一百九十九天。”

“你居然记得那天是五月二十三日，记性可真好。”

“看日记就知道了。”

“日记？你还记日记？”

“嗯，我觉得翻看过去的日记是一种乐趣。毫无隐瞒，所有事都原原本本地记下来，有时候自己看了都觉得害臊呢。”

“从什么时候开始的？”

“在东京做御酌前不久。那时候不是手头紧嘛，买不起日记本，便买些两三钱的杂记本，用尺子画上细细的格子，或许是因为铅笔削得够细，那线都画得整整齐齐的。然后再从上到下密密麻麻地写满小字。后来等我买得起笔记本以后就不行了，东西用起来就不精心了。习字也是一样，过去是拿旧报纸练，如今还不都是直接写在成卷的纸上。”

“你写日记从不间断吗？”

“嗯，十六岁那年和今年的最有意思。通常我从宴会上应酬完，回来换上睡衣就开始写日记。我不是回来得晚嘛，有时候写着写着半道儿就睡着了，有些地方一看就能看出来。”

“是吗？”

“不过也有间断，并不是每天都写。在这大山里面，所谓的宴会应酬永远都是老一套。今年我只买到那种每页都印有日期的日记本，失算了，有时候一写就会写好长。”

比起写日记这件事，更让岛村感到意外的是，她会把读过的小说逐一记录下来，她说她从十五六岁开始就养成了这种习惯，到现在已经记了十本杂记本了。

“是写些感想吧？”

“感想之类的我可写不出。就是记录一下标题、作者、出场人物的名字，还有人物关系，差不多就是这些吧。”

“记录这些东西有什么用啊？”

“没用啊。”

“那就是徒劳嘛。”

“是啊。”女人丝毫不往心里去，爽朗地答道，同时目不转睛地盯着岛村看。

岛村很想再强调一遍“这完全就是徒劳”，可就在此时，他仿佛听到了飘雪的声音，内心一片宁静，是女人让他有了这种感觉。对于女人来说，那绝不是一种徒劳，他明明知道，却上来就甩出一句“徒劳”，结果反倒是自己越发觉得这女人的存在是那么的纯粹。

这女人所谈论的小说，听起来似乎与日常使用的“文学”一词完全不搭边，她与村里人之间的交情，好像也仅限于互相交换妇女杂志，之后就是自己看自己的。没有选择，也不求甚解，哪怕是在旅馆的会客厅里，只要看到小说或杂志就会借去读。她随口列举的新人作家的名字，有不少岛村根本没听说过。然而听她的口吻，却仿佛是在谈论遥不可及的外国文学，就像无欲无求的乞丐，透出一种凄凉的感觉。岛村心想，自己凭借西方书籍中的照片和文字，梦想着遥远的西方舞蹈，情形大概跟这差不多吧。

她又饶有兴致地说起了那些看都不曾看过的电影和戏剧。或许是因为这几个月来，她一直渴望着有个人能陪她聊聊这些话题吧。她似乎已经忘了，一百九十九天前的那个时候，她也曾醉心于这些话题，以至于自己主动向岛村投怀送抱。如今，她再一次沉浸于自己所描绘的画面之中，连身体也逐渐温热起来。

但是，她对于大都市的那种憧憬，如今已经彻底断念，宛若一个天真的梦。相比于城里落败者那种傲慢与不忿，她身上更多的是一种单纯的徒劳感。看上去她并没有为此感到落寞，但在岛村眼中，却有一种莫名的凄凉。若是沉溺于这种思绪，恐怕岛村自己也会陷入遥远的伤感之中，觉得活着本身也是徒劳。然而眼前的女人却受大山灵气的滋养，面色红润，神采飞扬。

不管怎么说，岛村对她都有了全新的认识，所以在她已经成为艺伎的今天，有些话反而不好说出口了。

那个时候，女人烂醉如泥，胳膊麻木得根本使不上劲儿，她为此懊恼不已，嚷嚷着“这是什么？浑蛋，浑蛋。我一丝力气也没有。这是什么啊？”甚至激动地咬住自己的胳膊肘。

她根本站不起来，倒在地上来回打滚。

“我绝没有什么可惜的。但我不是那种女人，我不是那种女人。”他想起了女人曾经说的话，忽然有些迟疑，女人立刻有所察觉，恰好此时一阵汽笛声响起。

“是零点的上行车。”女人说了一句，像是在拒绝什么，起身猛地打开纸拉门和玻璃窗，坐到窗台上，身子倚靠着栏杆。

寒冷的空气一下子涌进房间。火车声越来越远，如同呼啸的夜风。

“喂，不冷吗？傻瓜。”岛村也起身走了过去，却发现一丝风都没有。

窗外夜色茫茫，一派严寒景象，仿佛能听到地底深处雪凝成冰的声音。抬头望去，没有月亮，只有多到不敢想象的满天繁星，璀璨闪耀，仿佛正在以虚幻的速度纷纷滑落。群星扑入眼帘，天空越发悠远，夜色愈加深沉。县境的群山已经分不清层次，只剩黑魆魆的一片，沉沉地垂落在星空下，清冷宁静，安逸祥和。

察觉岛村靠过来后，女人将上半身伏在了栏杆上。那姿势不是在示弱，而是在如此夜色的衬托之下，只显出无比的倔强和执拗。岛村暗想：怎么又来了？

群山如墨，可不知为什么，看在眼里却分明是白茫茫的雪色，给人一种透明而寂静的感觉。天色与山色显得并不和谐。

岛村伸手握住女人的喉咙处："会感冒的，这么凉。"说罢就想用力把她往后拽起来。

女人紧抓着栏杆，声音嘶哑地说道："我回去了。"

"你回去吧。"

"让我再这样待一会儿。"

"那我去洗个澡。"

"不要，你就待在这儿。"

"你把窗户关上。"

"让我再这样待一会儿。"

杉树林镇守着村子，村子半隐在绿茵之中，距此不到十分钟车程的车站里，灯光忽明忽暗，在严寒中发出噼里啪啦的声音，像是马上就要爆掉一样。

女人的脸颊、窗玻璃、自己棉袍的袖子，不管手碰到哪里，都是一片冰凉，不禁让岛村觉得他从未体验过如此的寒冷。

连脚下的榻榻米都越发冰冷了，于是岛村打算一个人去洗澡。

“等一下，我也去。”女人乖顺地跟了上来。

岛村的衣服脱得到处都是，女人正在往篮子里归置，一位住宿的男客人走了进来，看到怯怯地将脸藏在岛村怀里的女人，立刻说道：“啊，不好意思。”

“没事，请您吧！我们去那边的池子。”岛村应声答道，然后便赤裸着身子，抱着篮子向旁边的女浴室走去。女人自然是一副夫唱妇随的模样跟了上去。岛村也不说话，也没回头，径自跳进了温泉池里。他觉得很安心，有一种放声大笑的冲动，于是将嘴巴对准出水口，使劲儿漱起口来。

回到房间后，女人侧躺着，将头微微抬起，用小指撩起鬓发，自言自语地说了句：“好悲哀啊。”

岛村以为女人半睁着黑溜溜的眸子，上前仔细一看，却发现那是睫毛。

神经质的女人一夜未眠。

她捋着硬邦邦的腰带，那声音把岛村吵醒了。

“这么早吵醒你，对不起哦！天还黑着呢。哎！你要不要再看看我？”女人说着便关掉了灯。

“看得见我的脸吗？看不见吗？”

“看不见啊！天还没亮呢。”

“骗人，你得仔细看，怎么样？”女人说着又打开了窗户，“不行啦，能看得见了吧？我得回去啦。”

岛村被拂晓时分的冷峭吓了一跳，他将头从枕头上抬起，向外望过去，发现天空依然笼罩在夜色之中，但群山已经晨曦微露。

“哦，没事的。现在正值农闲，没人会这么早出门的。却不知道有没有人上山。”女人自言自语地说着，拖着还没系好的腰带走来走去。

“刚刚五点那班下行车没客人下来，旅馆里的人不会这么早起床的。”

系好腰带后，女人依然是一会儿坐一会儿站，眼睛一直望着窗外，在房间里走来走去。那不安的样子像极了害怕黎明到来的夜行动物，在焦虑地来回打转，越发充满神秘的野性。

慢慢地，房间里也亮堂起来，或许是光线的缘故，女人红通通的脸颊格外显眼。那艳丽的绯红，竟让岛村看得失了神。

“脸蛋儿都被冻红了。”

“不是冻的，是因为我卸掉了白粉。我一钻进被窝就浑身发热，能一直热到脚指头。”女人说着，朝枕边的梳妆台照了照。

“天还是亮了，我要回去了。”

岛村朝她那边望去，不由得缩了缩脖子。映在镜子里的雪闪着白光，雪中浮现出女人红通通的脸颊。那种纯净的美，简直无法形容。

红日欲出，镜中的雪越发闪耀，仿佛泛着冷冷的光。女人的头发在白雪的映衬下黑中泛紫，更显亮泽。

旅馆的墙根儿下是一条临时挖设的水沟，应该是用来防止积雪的。从浴池里溢出来的热水绕着墙根儿流淌，在大门口汇成一汪浅浅的水滩。一只健壮的黑色秋田犬正站在那边的踏脚石上不停地舔着水喝。客用滑雪板成排地晾在那里，好像是刚从仓库中拿出来的，丝丝霉味已被温泉的热气冲淡。从杉树枝掉落到屋顶的雪块也被热气熏得变了形。

天亮前，在山上的旅馆里，女人曾俯视着窗外的一条坡路对岛村说："不久就要到正月了，到时候那条路就会被暴风雪掩埋，再去宴会应酬时，就必须得穿上山裤[1]和胶皮长靴，还得裹上斗篷，围上面巾。到那时候，雪能到一丈深呢。"而此时，岛村正要沿着女人所说的那条坡道下山。从路边晾在高处的尿布下面，他能望见县境上的群山，洁白的积雪银光耀眼，一派恬静悠然。绿绿的葱叶还没有被大雪覆盖。

村里的孩子正在田野里滑雪。

刚一走进路旁的村庄，耳边便传来轻轻的响动，像是雨滴滴落的声音。

檐头的冰柱小巧玲珑，晶莹剔透。

一个刚从浴池回来的女人，抬头冲着正在房顶上扫雪的男人说道："嘿，能不能顺便帮我们家扫一扫房顶？"边说边用湿手巾擦了擦额头，似乎是有些晃眼，她应该是个女招待，为了即将到来的滑雪旺季，老早赶来这里的。隔壁是一家咖啡店，玻璃窗上的彩绘已经陈旧，房顶也有些变形。

大部分人家的屋顶都铺着细木板，上面还压放着成排的石块。那些石块圆圆的，只有被阳光照到的一面在雪中露出黑色的表层。与其说那是被润湿的黑色，倒更像是常年饱受风雪侵蚀而形成的墨黑。家

---

① 山裤：也叫雪袴、轻衫，是一种上松下紧的裤子。

家户户的房子感觉也跟那些石头一样，矮矮地紧贴着地面，一派北国风光。

一群孩子正在玩耍，他们从沟里捞冰块，摔到路上。想来是冰块摔后溅起的碎片闪闪发亮，让他们觉得很有意思吧。站在阳光下望过去，那冰厚得让人难以置信，岛村不由得看了好一会儿。

一个十三四岁的女孩儿正靠着石墙上织毛线。她穿着山裤，脚上穿着高齿木屐，却没套布袜，光着的双脚冻得通红，能看到上面已经裂了口子。一个三岁左右的小女孩儿坐在旁边的柴火垛上，手里拿着毛线球，一副天真的模样。一根灰色的旧毛线从小女孩儿的手中被牵到大女孩儿的手中，发出温暖的光。

前面隔着七八家，就是滑雪板制作所，里面传来刨木头的声音。五六个艺伎正站在对面的屋檐下闲聊。岛村心想女人应该也在这里。直到今早，他才从旅馆女佣那里打听到女人的艺名叫作驹子。果不其然，她正装作一本正经的样子，好像已经看到他走过来了。“她一定会满脸通红，装作没事人似的。”岛村正想着，却见那女人早已脸红到了脖子根。她本可以扭过脸去，却偏低着头，一脸窘态，并且随着他的脚步，脸也一点点朝着他的方向转过来。

岛村的脸上也阵阵发烫，快步从她们前面走了过去，驹子却随即追了上来。

“太难为情了，你居然从这里经过。”

“是我说难为情才对，你们一大群人，吓得我都不敢从那儿过了。你们经常这样吗？”

“是啊，过晌后经常这样。”

"小脸通红，还啪嗒啪嗒地追过来，不是更难为情嘛。"

"我不在乎。"驹子爽声答道，脸上再次泛起一片绯红。她站在那里，抱住路边的柿子树。

"我是想请你顺道去我家坐坐，所以才追过来的。"

"你家在这儿吗？"

"嗯。"

"你要是给我看日记的话，我倒是可以去。"

"那是我留着临死前烧掉的。"

"不过，你家里有病人吧？"

"噢，你知道得很清楚啊。"

"你昨晚不也去接站了吗？穿着深蓝色的斗篷。我就是坐那列火车来的，座位离那个病人不远。有个姑娘一直陪在身边照顾他，特别认真，特别体贴，那是他妻子吧？是这边过去接他的人？还是东京那边的人？简直就像他妈妈一样，我看了都感动。"

"这件事你昨晚为什么没告诉我？为什么没跟我说？"驹子沉着脸问道。

"是他妻子吧？"

驹子没有回答，继续问道："昨晚你为什么没说？你这人真怪。"

岛村不喜欢驹子的这种尖刻劲儿，不过令驹子变得如此尖刻的原因，应该既不在他，也不在驹子本人，可以看作是性格使然。然而在她的反复质问下，他还是感觉好像被人抓住了什么把柄似的。今天早上，当他在映着山间白雪的镜子里看到驹子时，自然想起了黄昏时分映在车窗玻璃上的那个姑娘，可他为什么没有把这些告诉驹子呢？

“有病人也没有关系，谁都不会来我的房间。”驹子走进低矮的石墙里。

右边是被雪覆盖的菜地，左边沿着邻居家的墙根种着一排柿子树。房前好像是个花圃，正中间有个小小的荷花池，里面的冰块已被捞到池边，红鲤鱼在水中游来游去。同那柿子树的树干一样，房子也早已腐朽不堪，房顶上积雪斑驳，木板已经腐烂，房檐也是歪歪扭扭。

刚一走进土间[①]，岛村就感到一股寒气，他还什么都没看清，就被驹子领着上了楼梯。这是名副其实的梯子，上面的房间也是名副其实的阁楼。

“这个房间原本是养蚕的，没想到吧。”

“就这梯子，你喝醉了回来，竟不会摔下来，也是厉害。”

“摔下来过。不过那种情况下，我会钻进下面的被炉，基本上一进去就睡着了。”驹子把手伸进被炉里探了探，便起身去取火了。

岛村环视着这个奇怪的房间。仅南边有一扇透亮的矮窗，不过细格条拉窗上的糊纸是新换的，明亮的阳光从那里透进来。墙壁上整整齐齐地糊着和纸，让人感觉如同置身于一个旧纸盒里。而头顶的天棚完全露在外面，向窗户那头倾斜，弥漫着幽暗而孤寂。岛村想象着墙那头的样子，忽觉这房间好像是悬在半空，让他隐隐有些不安。墙壁和榻榻米虽然陈旧，倒是十分干净。

---

① 土间：没有铺地板的土地面的房间。

岛村不禁暗想：驹子是不是也像蚕一样，将透明的身体栖居在这里呢。

移动被炉上盖着的棉被，那条纹同山裤一模一样。衣柜有些陈旧，却是用上好的直木纹桐木制作的，大概是驹子在东京生活时置办的。梳妆台有些简陋，与衣柜不大相称。朱漆的针线盒泛着华丽的光泽。墙壁上钉着一层层木板，大概是书柜，上面挂着一块羊毛帘子。

昨晚去宴会陪酒时穿的那身衣服也挂在墙上，衬衣的红里子露在外面。

驹子手拿火铲，灵活地爬上梯子，口中说道："是从病人房间里拿来的，不过人都说火是干净的。"说着便扶下刚梳好的发髻，拨弄着炉子里的炭火。她说病人是肠结核，这次回家乡就是等死的。

"说是家乡，但其实他并不是出生在这里，这里是他母亲的故乡。他母亲过去在港口当艺伎，后来便留在那里，成了教跳舞的师傅，怎料还没到五十岁就得了中风，于是便回到这温泉村养病。他从小就喜欢鼓捣机器，好不容易才进的钟表店，便一个人留在港口，不久又去了东京，好像一直在读夜校。大概是积劳成疾吧。他今年才二十六岁。"

驹子一口气说了很多，不过关于陪那人回来的姑娘是谁，她自己又为什么会住在这个家里，却依然未曾提及片语。

虽然驹子只说了这些，但从这个房间如同悬在半空的构造来看，她的声音大概会传遍房间的各个角落，这让岛村感觉心里很不踏实。

走到门口时，一件发白的东西闪过岛村的眼帘，他回头一看，发现竟是一个桐木做的三味线[①]琴盒，给人的感觉比实物更大更长。一想到驹子要背着它去参加宴会，岛村就觉得很不可思议。就在这时，熏得黑黢黢的拉门被拉开了。

“驹子姐，从这上面跨过去行吗？”

那清澈的声音，美到有些凄凉，仿佛会从某个地方传来回声。

岛村清楚地记得这个声音。这是在夜行的火车上，隔着窗户向雪中呼喊站长的叶子的声音。

“行啊。”驹子回答道。于是穿着山裤的叶子从三味线上轻盈地跨了过去，她手中提着玻璃夜壶。

通过叶子和站长说话时那熟稔的语气，以及她身穿的山裤，明显可以看出她是生活在这一带的姑娘。华丽的腰带有一半露在山裤上面，将山裤那黑橘相间的条纹衬得更加鲜明。羊毛材质的长袖子同样十分艳丽。山裤的裤腿到膝盖上方才分叉，看起来宽松肥大，但棉料比较硬挺，故而并不显得臃肿，给人一种很舒服的感觉。

叶子只是用带刺的目光瞥了岛村一眼，一句话也没说，从土间穿了过去。

走到外面后，岛村的脑海中依然会闪现出叶子的目光，就如同那遥远的灯光一般冰冷。他之所以会有这样的感觉，大概是因为想起了昨夜的景象。昨夜，岛村盯着叶子映在车窗玻璃上的脸看时，山野里的灯火从她的脸庞飞逝而过。

当灯火与她的眸子重叠时，眸子被映得微红，那种难以名状的

① 三味线：日本传统弦乐器，与源自中国的三弦相近。

美，曾让岛村的心不禁为之震颤。回想起这些，岛村不禁又想起了映着莹莹白雪的镜子之中，驹子那红通通的脸庞。

岛村加快了脚步。尽管他的腿又白又胖，但他喜欢爬山，每次走在山里，欣赏着山间景致，他便会进入放空状态，脚步也会在不经意间越来越快。无论在任何时候，他都能在转瞬之间进入放空状态，对他而言，绝不会相信那暮景之境与朝雪之境是人为之物。那必定是自然之物，并且属于一个遥远的世界。

就连他刚刚才离开的驹子的房间，仿佛也已经属于那遥远的世界，他惊讶于自己的这种想法。爬上山坡时，他遇到一个女按摩师傅，像是抓住了救命的稻草。

“按摩师傅，能给我按摩一下吗？”

“哦，现在几点了？”女按摩师傅说着，便将竹杖夹在腋下，右手从腰带中取出一块带盖的怀表，用左手的指尖摸着表盘。

“两点三十五分。我三点半得去车站对过一趟，不过晚一点儿应该也没关系。”

“你居然知道表上的时间。”

“是啊，因为玻璃罩已经拆掉了。”

“摸一下就能摸出数字吗？”

“数字倒是摸不出来。”她再次掏出那块作为女佣表来说稍微有点儿大的银怀表，打开盖子，用手指按压着表盘指给岛村看：这里是十二点，这里是六点，正中间是三点。

“再根据这个推算，虽说不是一分钟不差，但也差不过两分钟。”

“原来如此。走这样的坡道，你不会滑倒吗？”

“下雨天我女儿会来接我。晚上我给村里人按摩，不会上山来。旅馆的女佣就说是我老伴儿不让我出来，真拿她们没办法啊。”

“孩子已经长大了吗？”

“是啊，大女儿十三岁了。”

说话间，他们已经来到房间，按摩的女人一声不响地按了一会儿，之后歪着头听起了远处宴会上传来的三味线声。

“这是谁在弹呢。”

“凭这三味线的声音，你就能听出是哪个艺伎弹的吗？”

“有些人能听出来，有些人听不出来。先生，您日子过得相当不错吧，身子这么柔软。”

“没发硬吧？”

“后脖颈有些僵硬，您胖得挺匀称的，不喝酒吧？”

“这你都知道。”

“我认识三位客人，跟先生您一样的体型。”

“我这体型极其普通吧。”

“怎么说呢，要是不喝酒，还真是没意思。喝了酒，就什么都能忘了。”

“你丈夫喝酒吧？”

“喝得凶着呢，也拿他没办法。”

“是谁在弹三味线啊，太差劲儿了。”

“是啊。”

“你也会弹吧。”

"是的，我从九岁学到二十岁，不过自打嫁人以后，已经有十五年没弹了。"

岛村暗想：是不是盲人看起来都比实际年龄要小?

"打小就开始学，基本功很扎实吧？"

"这双手得给客人按摩，但耳朵闲着，像这样听艺伎们弹三味线，有时就会替她们着急，感觉跟自己年轻时候似的。"说着，她又侧着耳朵听起来。

"大概是井筒屋的阿文吧。弹得最好的和弹得最差的，最容易听出来。"

"也有弹得好的吗？"

"有个叫驹子的姑娘，年纪不大，近来却已经弹得非常不错了。"

"是吗？"

"先生您认识她吧？不过说是弹得好，也只是跟这山沟里的其他人比。"

"不，我不认识，不过她师傅的儿子昨晚回来，我们坐的一趟火车。"

"哎呀，是病好了回来的吗？"

"看起来倒是不太好。"

"哦？听说她师傅家的儿子在东京病了很长时间，今年夏天，那驹子姑娘甚至当了艺伎，就为了给他汇医药费。也不知道这是怎么了。"

"你是说那个驹子吗？"

“不过，该做的也都做的，虽说是订了婚，至于将来嘛……”

“你是说他们订婚了，真的吗？”

“是啊！听说是订婚了。我也不清楚，不过别人都这么说。”

在温泉旅馆里，听女按摩师傅说些艺伎的身世，本是稀松平常的事，如今听到的却反倒让岛村感到意外。驹子为了未婚夫而去当艺伎，这种事本也是稀松平常，但岛村却觉得难以接受。或许是因为这跟他的道德观有所冲突吧。

他想要深入地了解一下，按摩师傅却不说话了。

假如驹子是她师傅家儿子的未婚妻，叶子是那人的新恋人，可若是那人将不久于人世呢？岛村的脑海中又一次浮现出“徒劳”二字。驹子信守婚约也好，出卖身子供他治病也罢，所有这一切不是徒劳又是什么呢？

岛村暗想：等再见到驹子时，非上来就甩给她一句“徒劳”不可。可与此同时，他又再一次感觉到驹子的存在是多么的纯粹。

岛村在这种虚伪的麻木中，嗅到了一丝厚颜无耻的危险气息。他凝神品味着，在按摩女回去以后，仍旧躺着没动。他感觉好像有一股寒意直袭至心底，这才发现原来窗户一直开着。

山里天黑得早，如今早已寒风萧索，日暮西垂。天色微暗，远方依然夕照映雪的群山，仿佛一下子靠近了不少。

随着远近高低的不同，山间皱襞的阴影越发浓重，只有山峰映着残阳，山顶的积雪上满天霞光。

河岸、滑雪场、神社……杉树林散布在村子里的各个地方，越发显得黑苍苍的。

正当岛村沉浸于虚无的痛苦中时，驹子走了进来。她的到来，仿佛为岛村点亮了一盏温暖的灯。

她说村里要在这旅馆开个会，商量为迎接滑雪客人做准备的事，她是被叫来在会后的酒席上陪酒的。

她钻进被炉，突然伸出手来摩挲岛村的脸颊。

“你今天脸好白啊，好奇怪！”

说完又捏住他柔软的脸蛋，像是要揉碎似的。

“你是个傻瓜。”

她好像已经有些醉了。

酒席结束后，她又来了，进门便嚷嚷道：“我不管，不管啦，头好痛，头好痛，啊！难受啊，好难受。”当她瘫倒在梳妆台前时，脸上瞬时流露出醉意，看起来甚至有些可笑。

“我想喝水，给我水。”

她双手捂着脸，也不管会不会压坏发髻，直接就倒在了那里。过了一会儿，她又重新坐起来，用冷霜卸掉脸上的白粉，露出了红通通的脸蛋。她自己也笑个不停，好像很开心。有意思的是，她很快就醒酒了，肩膀发抖，像是很冷的样子。

之后，她用淡淡的口吻讲起了一些事情，比如她八月份的时候因为神经衰弱，整整休息了一个月等。

“我真担心自己会疯掉，有些什么事总是想不开，可究竟为什么想不开，却连自己都不知道，吓人吧。根本睡不着，只有去宴会陪酒的时候才有点儿精神。我做了各式各样的梦，饭也不好好吃。大热天儿的，我就没完没了地拿着根针在榻榻米上扎了拔，拔了扎。”

“你是几月份开始当艺伎的？”

“六月，不然的话，没准儿我现在已经去滨松了。”

“成亲吗？”

驹子点了点头。说有个滨松的男人一直纠缠她，要跟她结婚，但她对那男人怎么也喜欢不起来，为此还犹豫了好一阵子。

“既然不喜欢，又有什么好犹豫的呢？”

“没有那么简单的。”

“结婚就那么有魔力吗？”

“你真烦！不是那样的，只不过不把自己的事情处理好，我总是不踏实的。”

“哦。”

“你这人真是敷衍。”

“你和那个滨松男人之间是不是已经发生了点儿什么？”

“要是那样的话，我就不会犹豫了。”驹子斩钉截铁地说道。

“不过他说只要我还待在这地方，他就不允许我跟别人结婚，为此他什么事儿都做得出。”

“他在滨松，远着呢，你还为这种事担心啊？”

驹子沉默了一会儿，一动不动地躺在那里，好像在感受自己身体的温度。忽然，她看似漫不经心地说了句：“那时候我以为自己怀孕了。嘻嘻，现在回想起来真是好笑，嘻嘻嘻。”她抿嘴笑着，将身子蜷缩成一团，像个孩子似的双手紧紧抓住岛村的衣领。

她闭着眼睛，那浓密的睫毛看起来像是在半睁着漆黑的眸子。

第二天早晨，岛村一睁开眼睛，就看到驹子正一只胳膊支着火盆边，在旧杂志背面胡乱写着。

“喏，我回不去了。方才女佣进来送火，太丢人了。吓得我忙不迭地起来，发现太阳都已经照到纸拉门了。我昨晚喝醉了，好像迷迷糊糊就睡着了。

“几点了？”

“已经八点了。”

“去洗澡吧。”岛村说着便站了起来。

“不去，我怕在走廊遇到人。”驹子答道，俨然一副老实温顺的小女人模样。等岛村洗澡回来时，她已经巧妙地将手巾裹在头上，正麻利地打扫着房间。

她像有洁癖一样，连桌腿和火盆边缘都擦得干干净净的，拨弄炭灰的动作看起来也非常熟练。

岛村把腿伸进被炉，悠闲地抽着烟，烟灰掉落下来，驹子便用手绢轻轻地擦拭干净，并拿来了烟灰缸。

岛村朗声大笑，驹子也笑。

“你要是成了家，你丈夫准是整天被你骂。”

“我不是没骂你嘛，大家经常笑我，说我连要洗的脏衣服都叠得整整齐齐的。我就是这种性格吧。”

“人都说看一个女人的衣柜，就能知道她是个什么样的人。”

清晨的阳光洒满房间，温暖和煦，驹子一边吃饭一边说道：“天气真好！要是早点儿回去练琴就好啦。这样的天气，琴声也会与平日不同。”

驹子抬头仰望着澄净深邃的天空。

远处群山覆雪，仿佛笼罩在一片朦胧而柔和的乳白色之中。

岛村想起了按摩师傅的话，便跟驹子说她可以在这里练琴。驹子闻言立刻起身去给家里打电话，让人把换洗的衣服和长歌的曲谱一起送来。

昨天白天去过的那户人家居然有电话？岛村暗想，脑海中又浮现出叶子的眼睛。

“是那姑娘拿过来吗？”

“也许是吧。”

“听说你和那少东家订婚了？”

“哎呀，这事儿你什么时候听说的？”

“昨天。”

“你这人真怪，听说就听说呗，为什么昨天不跟我说呢？”驹子问道。不过这一次与昨天不同，她问的时候微笑着，笑容纯洁而干净。

“我从未轻视过你，所以很难说出口嘛。”

“根本不是真心话，东京人就爱骗人，真讨厌。”

“看吧，我一说，你就立刻打岔。”

“我才没有呢，你把那些话当真了？”

“当真了。”

“你又骗人，你根本就没当真。”

“我当时确实有些不能接受。不过，是因为人家说你是为了未婚夫才去当艺伎的，要给他赚医药费。”

“真讨厌，说得好像新派剧似的。订婚什么的都是瞎说的，好像很多人都以为我们订婚了。我当艺伎不是为了谁，不过能做的事还是得做的。”

“净跟我打哑谜。”

“那我就说得明白点儿，师傅或许是想过让我和少东家结婚，但只是心里想，并没有说出来过。不过对于师傅的心思，少东家和我都隐隐约约有所察觉，可我们两个之间什么都没有，仅此而已。”

“算是青梅竹马吧。”

“嗯，不过我们并没有一起生活过。我被卖去东京时，他一个人去为我送行。我第一本日记的开头，记的就是这件事。”

“如果你们俩都在那个港口，或许现在已经在一起了吧。”

“我想不会的。”

“是吗？”

“你就不要操心别人的事了，他活不了多久了。”

“虽说如此，你在外面过夜总不太好吧？”

“你不该说这样的话。我喜欢怎样就怎样，一个将死之人管得着吗？”

岛村无言反驳。

然而，关于叶子的事，驹子依然只字未提，这是为什么呢？

再说叶子，她在火车上像个小妈妈一样忘我地照顾着那个男人，把他带回这里，现在又要一大早的给这个不知是那男人的什么人的驹子送换洗的衣服，她心里会作何感想呢？

岛村又像往常那样，展开了虚无缥缈的遐想。

“驹子姐，驹子姐。”就在这时，他听到了叶子那动听的喊声，低沉而清澈。

“唉，辛苦啦。”驹子站起身来，走到隔壁三叠[①]大的房间里。

“是叶子来了？哎呀，全都拿来了，多沉啊。”

叶子好像什么都没说就回去了。

驹子用手指将第三根弦拨断了，换上新弦后，又调准了音调。此时，岛村已经听出她的琴音清亮。打开被炉上的鼓鼓囊囊的大包裹，发现里面除了普通的练习曲谱外，还有二十多册杵屋弥七[②]的《文化三味线谱》。岛村好像有些意外，把曲谱拿在手中问道：“你就靠这些曲谱练习吗？”

“是啊，因为这里没有师傅嘛！没办法。”

“你家里不是有师傅吗？”

“她中风了。”

“中风了也能口授啊。”

“话也说不了。不过左手能动，还可以帮我纠正一下舞蹈动作，拨弄三味线的话，就只会让人听了心烦。”

“你看曲谱就知道怎么弹吗？”

“知道啊。”

“要是个普通人家的女子倒也罢了，一个艺伎在这偏远的山里头这一本正经地练习，卖曲谱的要是知道了，许是也会很高兴吧。”

---

① 叠：日本房间的计量单位，一叠等于1.62平方米。

② 杵屋弥七：1890—1942年，长歌三味线师。1922年将三味线的曲子记载为乐谱，翌年创设三味线学校。

“当御酌时以跳舞为主，之后在东京学的也是舞蹈。三味线只记住了一点儿，不是很清楚，一旦忘了也没人给我指导，只能靠曲谱。”

“那歌曲呢？”

“歌曲不行。练习舞蹈时常听的倒还凑合，新曲都是在收音机里或者什么地方听会的，唱得好坏根本不知道，掺杂了自己的唱腔，定是有些怪吧。而且我在熟人面前根本张不开嘴，若是对着不认识的人，倒是还能大声唱出来。”驹子起初有些害羞，之后便摆好架势，像是在等他点曲儿似的，眼睛紧盯着岛村的脸。

岛村一下子被她震慑住了。

他自幼生活在东京的商业区，受到歌舞伎和日本舞蹈的熏陶，对于一些长歌的词句，自然是耳熟能详，但他自己从未学习过。提起长歌，他的脑海中会立刻浮现出表演舞蹈的舞台，而不是有艺伎陪酒的宴会。

“真讨厌，你这位客人最难伺候了。”驹子轻咬着嘴唇，把三味线抱在膝盖上，从容地打开练习谱，简直像换了个人一样。

“这是我今年秋天照着曲谱学的。”

她弹的是《劝进账》[①]。

岛村顿时感觉自己直起鸡皮疙瘩，一缕清凉的感觉从脸颊直沁心脾。三味线的琴声响彻他迷茫空白的大脑。与其说他被震惊了，倒

① 劝进账：歌舞伎十八番中，最后创作的长歌舞蹈剧。三代并木五瓶作词，四代杵屋六三郎作曲。1840年初次公演。作为七代松本幸四郎叫座儿的曲目而流行一时。特别是作为优秀的长歌曲而广为人知。

不如说他被彻底降伏了。他被一颗虔诚的心深深打动，悔恨的思绪瞬时冲刷了大脑。他已经无力反抗，索性纵身跃入那琴声的滚滚洪流之中，任之随波漂荡。

岛村原本以为，一个约莫二十岁的乡下艺伎，平日里也只是在酒宴上弹弹三弦琴，水平应该不会太高，可亲耳听到之后，才发觉她弹得丝毫不逊色于舞台上的演出。岛村试着告诉自己，这不过是因为自己身居山中，无端感伤罢了。驹子时而平淡无味地念着歌词，时而又嫌这儿慢嫌那儿麻烦地跳过一段。可是渐渐地，她如同被迷了心窍似的，嗓音越发高亢，岛村被吓到了，不知道她拨弦的声音究竟可以清越激扬到什么程度，于是装腔作势地枕着胳膊躺了下来。

直到《劝进账》一曲弹罢，岛村这才松了一口气，心中暗想：哎，这女人迷上我了，也是可悲。

早上的时候，驹子曾经仰望着雪后的晴空，说了一句："这样的天气，琴声也会与平日不同。"那其实是空气不同。这里没有剧场的墙壁，没有听众，也没有都市的尘嚣，琴声穿透冬日清晨里澄净的空气，一路响彻在远方那积雪覆盖的群山叠峦之间。

她虽不自知，却已经习惯于把山谷中的大自然当作听众，孤独地练习三味线，拨琴越发铿锵有力也越是自然。她的孤独碾碎了哀愁，孕育出充满野性的精神力量。虽说有几分底子，但仅凭着曲谱自学复杂的曲子，离开曲谱还能弹得游刃有余，这无疑需要顽强的意志与日复一日的不断努力。

对于岛村而言，驹子的这种生活也只是一种虚妄的徒劳，他哀叹于她那遥不可及的憧憬。但对于驹子自身而言，这正是她的价值所在，并从她那清凛的拨弦声中体现出来。

岛村分辨不出细腻灵巧的弹拨手法，只能听出琴音中所蕴含的感情，对于驹子来说，他应该是再合适不过的听众了吧？

开始弹第三曲《都鸟》的时候，也是因为曲子本身比较悠扬绵柔，那种起鸡皮疙瘩的感觉消失了，岛村温和平静地凝视着驹子的脸庞，深切地感受到了一种肉体的亲密感。

那纤细挺拔的鼻梁虽然略显单薄，但脸颊红润，充满活力，宛若在低声呢喃着“我在这儿呢”。美丽的嘴唇红润光滑，闭拢时也水嫩嫩地泛着光泽，好像在轻轻蠕动着，即使唱曲时张大了嘴巴，也立刻收缩回去，令人望而生怜，就如同她的身体一样让人迷恋。微微下垂的眉毛下面，眼尾既不上扬也不下垂，仿佛是故意画得笔直，眼睛亮晶晶的，带着几分稚气。都会陪酒时的精心保养，加上山间灵气的滋养熏染，使得她未施粉黛的皮肤细嫩清透，宛如剥了皮的百合或洋葱的球根，连脖颈都白皙红润，看着格外干净。

她端端正正地坐在那里，却与平日里不大一样，看起来像个小姑娘。

最后，她说要弹一首正在学的曲子，便看着琴谱弹起了《新曲浦岛》[①]。一曲弹罢，她默默地将琴拨夹在琴弦下，换了个比较放松的姿势，瞬间变得风情万种。

岛村不知该说些什么，驹子也好像丝毫不在意岛村做何评价，一

---

① 新曲浦岛：浦岛传说改变的舞蹈剧。坪内逍遥创作。长歌曲的序由杵屋勘五郎和杵屋寒玉作曲。

副很开心的样子。

“你光听这里的艺伎弹三味线，就都能听出来是谁弹的吗？”

“能听出来啊。毕竟总共才不到二十人。弹《都都逸》最能体现出弹琴人的习惯，所以特别容易分辨。”

说罢她又拿起三味线，挪动了一下弯着的右腿，将三味线的琴箱放在小腿肚上，腰向左扭，身子向右倾斜。

“小时候我就是这样学琴的。”她看着琴杆，学着孩子的口吻唱着“HE-I-F-A-DE……”，一边断断续续地弹奏起来。

“你最先学的曲子是《黑发》吗？”

“不是。”驹子像个小孩子似的摇了摇头。

自那以后，驹子就算留下来过夜，也不再非赶在天亮前回去。

旅馆里有个三岁的小女孩，总是在走廊里远远地喊着“驹子姐姐”，喊的时候尾音上扬。驹子有时会把她抱进被炉，专心致志地陪她玩，快到中午时再带她去洗澡。

洗完澡后，驹子一边帮小女孩梳头一边说道：“这孩子只要看到艺伎，就会挑高尾音喊驹子姐姐。看到照片或者图片里面有人梳着日本发髻，她也都叫驹子姐姐。我喜欢小孩儿，所以懂得他们的心思。小君，到驹子姐姐家玩好不好？”她说着站了起来，优哉游哉地坐到走廊的藤椅上。

“这是东京来的急性子啊！已经在滑雪啦。”

这个房间所在的位置比较高，从侧面正好能望见南边山脚下的滑雪场。

岛村也从被炉里转头看了过去，只见山坡上积雪斑驳，五六个穿着黑色滑雪服的人正在最下边的田里滑雪。梯田的田埂还没有被雪覆盖，坡度也不大，所以滑起来一点儿不尽兴。

“好像是学生。今天是星期天吗？这种滑法有意思吗？”

“不过滑的姿势倒很不错。”驹子像在自言自语，“听说在滑雪场里，每当艺伎跟客人打招呼时，客人总是被吓一跳，然后说‘哎呀，是你啊。’因为艺伎们在雪地里被晒得黢黑，客人根本认不出来。而到了晚上大家都会化妆。”

“艺伎也穿滑雪服吗？”

“是穿山裤。哎，烦死了，烦死了。过不了多久，就该有客人在宴会上说什么‘明天滑雪场见’了，我今年真不打算滑了。小君，我们走了，今晚要下雪，下雪前的晚上会很冷的。”

驹子走后，岛村坐到了她刚刚坐过的藤椅上，一眼便看见滑雪场边的坡道上，驹子正牵着小君的手往家走。

天空云影悠悠，群山或笼罩在云影下，或沐浴在阳光里，它们重叠在一起，

光影时刻变幻着，呈现出一幅微凉清冷的画面。不一会儿，滑雪场也一下子被遮盖在云影里。往窗下望去，只见篱笆上的菊花已经枯萎，结起了琼脂般的霜柱。房檐的导水管里，不停传来雪水流淌的声音。

那天夜里没有下雪，下了一阵冰雹后，竟下起雨来。

回东京前的那个晚上，月光如水，寒气刺骨。岛村又一次叫来了驹子。都快十一点了，驹子却非要去散步，怎么劝都不听，最后更是

粗鲁地将岛村从被炉里拽出来，硬拉到了外边。

路上已经结冰。村子被笼罩在寒冷的空气之下，一片寂静。驹子撩起裙摆掖在腰带里。一轮弯月悬于夜空，澄澈皎洁，犹如一把利刃镶嵌在蓝冰之中。

“我们走去车站。”

“你疯了！来回差不多八里地呢。”

“你要回东京了，我想去车站看看。”

从肩膀到大腿，岛村已经被冻麻了。

回到房间后，驹子忽然变得没精打采的，两只胳膊深深地插进被炉里，低着头，样子很反常，连澡都没去洗。

房间里只铺好了一个被窝，被炉上的棉被原封未动，被子搭在它上面，褥子的一边紧挨着炉子。驹子坐在被炉旁烤火，低着头，一动不动。

“你怎么了？”

“我要回去。”

“别说傻话。”

“你歇着吧，不用管我，我想这样待会儿。”

“为什么要回去？”

“我不回去，我会在这儿一直待到天亮。”

“真没意思，你别使性了好不好。”

“我没使性子，我才不会使性子呢。”

“那你……”

“没什么，我就是身子不舒服。”

“什么啊，原来就这事儿啊，没有关系的。”岛村笑了起来，“我不会把你怎么样的。”

“讨厌。”

“不过你也真傻，居然走那么远的路。”

“我要回去。”

“你不用回去也没关系的。”

“太难受了！我说，你快回东京吧。我太难受了。”驹子把脸轻轻地伏在被炉上。

她所说的难受，是因为深深迷恋一个羁旅之人而感到心中不安，还是因为此时此刻一直忍着欲望的折磨而闷闷不乐呢？这女人对自己的感情竟已到了如此程度了吗？岛村沉默着想了许久。

“你回东京去吧。”

“实际上，我正打算明天回去。”

“啊？为什么回去？”驹子扬起头问道，像是刚刚清醒过来似的。

“不管我在这里待多久，都没办法为你做些什么，不是吗？”

驹子呆呆地望着岛村，忽然语气激动地说道：“不能那样说，你不能那样说啊。”说着急忙站起身来，突然搂住岛村的脖子，神情有些慌乱，“你不能说这样的话。你快起来，我叫你快起来。”她梦呓般地说着，瘫倒在地上，整个人像疯了一样，连身子不舒服的事都忘了。

过了一会儿，她睁开温润的眸子，平静地说道：“你明天真的要回东京去。”说罢便整了整头发。

岛村决定第二天下午三点动身。他正换衣服的时候，伙计悄悄地把驹子叫去了走廊。只听驹子回答道："好吧，就按十一个钟头结算吧。"或许是伙计的觉得十六七个钟头太长了吧。

看了账单才知道，早上五点走的就算到五点，第二天十二点走的就算到十二点，全都是按钟点计算的。

驹子穿着大衣，裹着白色的围巾，把岛村送到车站。

为了消磨时间，岛村买了一些木天蓼酱菜和蘑菇罐头之类的土特产，可距离上车还有二十分钟。于是他便和驹子在车站前地势较高的广场里闲逛，欣赏着四周的景色，心中暗自感叹"这里四面雪山环抱，真是个狭小的地方"。背阴的山谷里弥漫着清冷孤寂，衬得驹子那头乌黑的秀发反倒透出凄凉。

远处河流下游的山腰上，不知怎的，有一个地方照着微弱的阳光。

"我来以后，这雪是不是化了不少？"

"不过只要下两天雪，马上就会积到六尺厚。要是连下几天，那根电线杆上的灯都会被埋进雪里。我要是一边走路一边想事情，比如说想你啊，很可能会把脑袋碰到电线上受伤呢。"

"会积那么厚啊？"

"这前面是镇子里的中学，据说大雪天的早晨，会有学生光着身子从宿舍二楼的窗户往雪里跳，身体完全沉到雪里，根本看不见，之后他们就在雪底下划着走，跟游泳似的。你看，那里也有扫雪车。"

"我想来赏雪，不过正月里旅馆会比较紧张吧？火车会不会因为雪崩而被埋住啊？"

"你这日子过得真奢侈，你一直这样过的吗？"驹子看着岛村的脸，又说道，“你为什么不留胡子？”

“嗯，正打算留呢。”岛村摸着刮完胡子后留下的青色胡茬，心中暗想，自己嘴角有一条很好看的皱纹，让线条柔和的脸颊看起来紧致分明，没准儿驹子也是因为这点才看上自己的呢。

“那你呢，每次卸掉白粉后，都跟刚刮完脸似的。”

“乌鸦叫得人真心烦，到底在哪儿叫呢？好冷啊！”驹子抬头看着天空，两只胳膊肘紧紧地夹在腋下。

“我们去候车室里烤烤火吧。”

就在这时，从街道拐向车站的大路上，穿着山裤的叶子慌里慌张地跑了过来。

“哎呀，驹子姐，行男他……驹子姐！”叶子跑得上气不接下气，像一个孩子为躲避什么可怕东西而缠着自己的母亲一样，抓着驹子的肩膀不放，“你快回去啊，他看上去情况不妙，快啊！”

驹子闭上眼睛，仿佛在忍着肩膀的疼痛，一下子脸色煞白。然而令人意外的是，她竟坚决地摇了摇头：“我在送人，不能回去。”

岛村大吃一惊：“送什么送，不用送了。”

“不行！我都不知道你还会不会再来。”

“会的，我会再来的。”

叶子好像根本没听到他们说话，急切地说道：“就在刚刚，我往旅馆打电话，他们说你在车站，我就跑来了。行男在叫你呢。”说着伸手就去拉驹子。

驹子起初还一动不动地忍着，后来却忽然甩开了叶子的手说道：“我不去。”

话音刚落，她就踉跄了两三步。她好像有些恶心，却什么也没有吐出来，眼眶已经湿润，脸上满是鸡皮疙瘩。

叶子僵在那里，呆呆地盯着驹子。她的表情极其严肃，根本看不出是愤怒，是惊讶，还是悲伤，就像个面具一样，看起来异常单纯。

她转过头来，依然还是那副表情，一下子抓住岛村的手，尖着嗓子恳求着："对不起啊，你叫她回去啊，叫她回去啊。"

"嗯，我叫她回去。"岛村大声答道。

"你快回去啊，傻瓜。"

"你插什么话。"驹子冲岛村说道，一边伸手把叶子从岛村身边推开。

岛村想抬头指向车站前面的汽车，却发现由于叶子抓得太过用力，他的手指尖已经发麻了。

"我马上叫她坐那辆车回去，总之你先回去好不好？在这里这样子，人们会看热闹的。"

叶子点了点头："要尽快啊！尽快啊！"说完便转身跑开了，听话得让人难以置信。看着她渐渐远去的背影，岛村的心头不禁闪过一个不合时宜的疑问：为什么这姑娘的表情总是那么严肃？

叶子凄美的声音，依然萦绕在岛村的耳边，仿佛会从雪山中的某个地方传来回音。

"你去哪儿？"看到岛村要去找汽车司机，驹子一下子把他拽了回来，说道："不，我不回去啊！"

突然之间，岛村对驹子在生理上产生了一种厌恶感。

"不管你们三个人之间发生了什么，但那少东家也许马上就不行了啊。他想见你，才差人来叫你回去的，不是吗？你就痛痛快快地回去吧！否则你会后悔一辈子的。也许我们说话这会儿工夫他就断气了，那可怎么办啊。过去的就让它都过去吧，你别那么犟了。”

“不是那么回事，你误会了。”

“你被卖去东京时，只有他为你送行，不是吗？你第一本日记的开头写着呢。他快不行了，你怎么能不去送他最后一程呢？你应该把自己写在他生命的最后一页啊。”

“不，我不要看着一个人死去！”

这话听似冷酷薄情，却又好似饱含着炙热的情感。岛村有些迷惑了。

“日记我不会再继续写了，我会都烧掉。”驹子轻声说道。不知道为什么，她的脸颊竟染上一抹红晕。

“你是个实诚人吧？如果是，我可以把日记全都送给你。你不会笑我吧？不过我觉得你是个实诚人。”

岛村心中生出一种莫名的感动，他觉得确实如此，没有比自己更实诚的人了。他不再非要驹子回去。驹子也沉默不语。

伙计从设在车站的旅馆办事点走了出来，通知岛村要检票了。

只有四五个穿着暗色冬装的本地人默默地上下车。

驹子站在候车室的窗边，说道：“我就不进站台了，再见。”

玻璃窗紧关着。从火车上望过去，就像是在一个穷乡僻壤的水果店里，一枚奇异的水果被孤零零地遗忘在那熏黑的玻璃箱里。

火车开动后，候车室的玻璃闪闪发亮，驹子的脸在亮光中忽然闪现，瞬间又消失不见。同那清晨映着白雪的镜子里一样，脸颊红通通的。在岛村看来，这又是一种不属于现实世界的虚幻色彩。

火车从北面爬上县境的山，驶入一条幽长的隧道。隧道的另一边，冬日午后那微弱的阳光仿佛已被吞入黑暗的地底，而破旧的火车也好像将明亮的外壳剥落在了隧道里，从重峦叠嶂之间驶向暮色渐沉的山谷。山的这一边还没有下雪。

火车沿着河流，不久便驶入旷野，山顶好像被切割过一样，一条优美的斜线平缓地从山顶一直伸向远处的山脚，别有一番韵味。在山与天相接的地方，一轮初月渐渐分明，这是旷野尽头仅有的景致。天空中飘着淡淡的晚霞，将整座山映成深蓝色。月光不再发白，只是淡淡的，没有冬夜那般清冷。天空中没有鸟儿在飞翔，山脚下的原野没有任何遮挡地向左右延伸着，靠近河岸的地方矗立着白色的建筑物，好像是个水电站。在这凄冷的冬日里，这是车窗外最后能看到的景象了。

暖气散发的温热，让车窗蒙上了一层雾气，窗外飞逝的原野越发昏暗，玻璃窗上又映出了乘客半透明的身影。还是那暮景之镜的幻景。同东海道线比起来，这列火车像是来自另一个国度，只有大概三四节陈旧褪色的老式车厢，灯光也很昏暗。

岛村仿佛在乘坐某种非现实的交通工具，没有了时间与距离的概念，进入一种放空的状态，任凭身体被徒然地载向远方。渐渐地，那单调的车轮声听起来就像是女人在说话。

那说话声时断时续，很是简短，却是女人为了活着拼命挣扎的象征。岛村听到后曾一度痛苦难过，以至于久久无法忘怀。不过现在的岛村正在渐渐远去，那声音已变得遥远，充其量也只是给他平添一丝旅愁罢了。

此时此刻，行男是不是已经停止了呼吸？不知驹子为什么会那么固执地不肯回去，她是不是因此没能见行男最后一面呢？

车厢里的乘客少得吓人。

一个五十多岁的男人和一个面色红润的姑娘对面而坐，聊得火热。姑娘肉乎乎的肩膀上围着一条黑围巾，脸红通通的，好似火在燃烧。她身子前倾，专心地听那男人说话，时而开心地回应着。这两个人看起来像是长途旅行。

然而，当火车驶入一个矗立着缫丝厂烟囱的车站时，那老男人急急忙忙地从行李架上取下柳条包，顺着窗户扔到了月台上，一边对姑娘说道："那我走了，有缘再见。"说完便下车走了。

岛村忽然有种想哭的冲动，连他自己都被吓了一跳。他更加清楚地意识到，他已经告别了驹子，踏上了归程。

岛村做梦也没有想到，那两人只是在火车上偶然相遇的陌生人。那男人大概是个行商的吧。

在东京离家前，妻子曾说现在正是飞蛾产卵的季节，叮嘱岛村不要把衣服一直挂在衣架或者墙上。岛村来到这里后，果然看到六七只浅黄色的大飞蛾吸附在旅馆檐头下的灯笼上。隔壁三叠大的房间里，衣架上也落了飞蛾，虽然很小，但肚子却圆鼓鼓的。

窗户上还装着夏季防虫用的纱窗。一只飞蛾一动不动地落在那儿，好像被粘住了一样，那伸出的触角好像暗红色的小羽毛，而翅膀却是通透的浅绿色，长度同女人手指差不多。在落日余晖下，对面县境上连绵的群山秋意渐浓，这一点儿浅绿反倒透出死亡的气息。只有前后翅膀重叠的部分绿得浓些。秋风吹来，那翅膀像薄纸片一样随风摇摆。

不知那飞蛾是否还活着，岛村起身走过去，用手指从里面轻轻弹了一下纱窗，飞蛾却一动不动。他又用拳头咚地敲了一下，只见飞蛾像树叶般飘然坠落，落到半空后却又轻盈地飞了起来。

细看之下才发现，数不清的蜻蜓正在对面的杉树林前成群飞舞，宛如蒲公英的绒毛飘荡在空中。

山脚下的河流好像是从杉树梢间流淌出来的。

花开遍了半山腰，闪着银光，像是白胡枝子花。岛村久久凝望亦不觉厌倦。

从旅馆的浴池上来后，岛村看到一个俄国女人正坐在大门口卖东西，心中好奇她居然跑到这种乡下地方来，便上前看了看。卖的都是些常见的日本化妆品和发饰之类的。

那俄国女人大概四十岁，脸上爬满细纹，看起来脏兮兮的，但那肥硕的脖子周围却白如凝脂。

“你从哪儿来？”岛村问道。

“我从哪儿来的？我从哪儿来的？”俄国女人好像不知该如何回答，一边收货一边想着。

她穿着裙子，却好像裹着一块脏兮兮的布，已没了洋装的感觉。大概已经习惯了日本的生活，她背起大包裹就走了。不过脚上倒是穿着皮鞋。

旅馆的老板娘同岛村一起看着那俄国女人离开。在老板娘的邀请下，岛村也进了账房，只见一个高挑丰腴的女人背着身坐在炉边。女人提着和服下摆站起身来，那是一件带家徽的黑色和服。

岛村曾在滑雪场的宣传照里看到过这个艺伎，所以对她有些印象。照片中的她穿着陪酒时的衣服，下身套着山裤，脚踏滑雪板，与驹子并肩站着。已是半老徐娘，体态丰腴，沉稳大方。

旅馆的主人将火筷子搭在炉子上，烤着椭圆形的大馒头。

“您要不要尝一个？这是别人送的，您就尝一口，讨个好彩头嘛。”

“刚刚那人是洗手不干了吗？”

“是啊。”

“是个不错的艺伎吧。”

“到年限了，刚刚是来辞行的，她以前可是很红的。”

岛村吹了吹热腾腾的馒头，咬了一口。发现那表皮硬硬的，散发着一股陈味儿，还微微发酸。

窗外的柿子已经熟透，夕阳照着红彤彤的柿子，那光亮一直延伸到自在钩[①]的竹筒上。

一位老婆婆背着草走在坡道上，那草足有她两个高，并且穗很长。

“这么长，是芒草吧？”岛村望着坡道惊讶道。

“不是，是茅草。”

“茅草？是茅草？”

“之前铁道省[②]在这里举办温泉展览会时，建了一间休息室，或者

---

① 自在钩：挂在炉、灶上用以吊锅、壶等可自由伸缩的吊钩。

② 铁道省：是日本曾经存在过的政府机关（1920年5月15日—1943年11月1日）。是主管铁路行政相关事务的中央机构，也曾负责国有铁路经营，1949年改组为运输省，2001年改组为国土交通省。

叫茶室吧，那房顶就是用这种茅草铺的。据说有个东京人将那茶室原封不动地买走了。”

“是茅草？”岛村又一次自言自语地嘀咕着。

“原来山上开着的是茅草花啊！我还以为是胡枝子花呢。”

岛村一下火车，最先看到的便是山间这白色的花，在山腰到山顶这段陡坡上烂漫盛放，闪着银色的光，如同洒落山间的秋日阳光，让他不由得被触动了心绪。当时他还以为那是白胡枝子花呢。

然而近看才发现，茅草茁壮繁茂，与远望时那令人感伤的白花截然不同。大捆的茅草完全遮挡住了背草的女人们，草刮到坡道两侧的石崖上，发出沙沙的摩擦声。穗子硕大而饱满。

岛村回到房间，发现隔壁点着十烛光[①]灯泡的昏暗房间里，那只大肚子飞蛾已经将卵产在黑漆衣架上，正在爬着。檐头的飞蛾啪嗒啪嗒地撞击着装饰灯。

虫子从白天开始就叫个不停。

驹子来得有些晚。

她站在走廊里，眼睛直直地盯着岛村：“你来干吗？你来这种地方干吗？”

“来见你。”

“根本不是真心话，东京人就爱骗人，真讨厌。”

说完便坐了下来，温柔地沉声说道：“我可不要再去送你了。那种心情我形容不出来。”

---

① 烛光：英制发光强度单位，同坎德拉。

“哦，那我这次回去前就不告诉你了。”

“不行，我只是说不送你去车站。”

“那人怎么样了。”

“当然是死了。”

“在你给我送行那会儿？”

“那是两回事，我没想到送别的滋味会那么难受。”

“嗯。”

“二月十四你怎么没来？骗子，害我苦等，我再也不相信你说的话了。”

二月十四是驱鸟节[①]，是颇具雪国特色的儿童节日。村里的孩子们会提前十天穿上草鞋，将雪踩碎压实，切割成二尺左右的雪砖，再把它们堆砌起来，造出一座雪堂。雪堂十七八尺见方，高一丈有余。等到二月十四那天晚上，孩子们会把各家各户的注连绳收集到一起，在雪堂前焚火烧掉。这个村子的正月是从二月一日开始的，所以驱鸟节时注连绳还在。之后，孩子们会爬上雪堂顶，挤在一起唱驱鸟歌，唱完后走进雪堂里点亮灯火，在那里待到天亮。等到十五日黎明，孩子们会再一次爬上雪堂顶，唱起驱鸟歌。

那时应该正是积雪最深的时候，岛村曾跟驹子约定，会来看驱鸟节。

“我二月份没做生意，回老家了。我认为你一定会来，所以在二

---

① 驱鸟节：从旧历二月十四日夜到十五日清晨，日本农村为祈求丰收而举办的活动。

月十四前赶了回来，早知你不来，我还不如在老家多待几天，好好照顾病人了。”

“谁病了？”

“我师傅去了港口，染上了肺炎。当时我正在老家，收着电报便去照顾她了。”

“她病好了吗？”

“没有。”

“对不起啊。”岛村说道，像是在为自己没有遵守约定而道歉，又像是在为师傅之死感到惋惜。

“没事。”驹子忽然温顺地摇了摇头，边用手绢擦着桌子边说道，“好多虫子。”

从炕桌到榻榻米，落满了带翅膀的小飞虫。几只小飞蛾在电灯旁到处乱飞。

借着皎洁的月光，能看到纱窗外侧也零零散散地落着各种各样的飞蛾。

“胃好疼，胃好疼。”驹子将双手深深地插进腰带，趴在岛村的膝盖上。

她的衣领开口很大，露出涂着厚厚白粉的脖子，比蚊子还小的虫子成群地落在上面，其中一些转眼就死掉了，在那里一动不动。

她的脖根比去年丰满了些。岛村心想：她已经二十一岁了。

他的膝盖感受到了一股温润。

“刚刚在账房他们取笑我，说什么‘驹子姑娘，快去茶花厅看看吧。’真烦人。我刚才坐着火车去送大姐，本想回来后好好睡一觉，却听说旅馆来电话叫我，我身子不舒服，真不想来了，昨晚是大姐的送别会，我喝多了。他们一直在账房那笑，原来是你来了。一年没见了吧？你是一年来一次吗？”

“我也吃了那馒头。”

“是吗？”驹子直起身子。刚刚压着岛村膝盖的脸上留下一块儿红印，看起来稚气十足。

她说她去送那位年长的艺伎，一直送了两站地才回来。

“真没意思啊！从前无论什么事情，大家很快就能拧成一股劲儿，如今却都只顾着自己，变成一盘散沙。这里的变化也蛮大的，合不来的人越来越多了，菊勇姐一走，我感觉好孤单。过去我什么事都听她的，她是我们当中最红的，收入从没少于过六百支香[1]，主家也蛮看重她的。”

“听说那菊勇到年限了，要回老家去，她是打算结婚还是继续做老本行？”岛村问道。

“菊勇姐也是个可怜人，本是要嫁人的，却没有嫁成，便到了这里。”说到这儿，驹子沉默了，犹豫了一会儿之后，望着洒满月光的梯田继续说道，“那段坡道的当间儿，不是有一座刚盖好的房子吗？”

“那个叫菊村的小饭馆？”

“嗯。菊勇姐本来是要嫁去那家店的，却因为她自己变了心，把

---

① 六百支香：用来计算艺伎演出费用的线香数。过去曾以烧尽一炷线香的时间为计费单位，所以习惯性地将艺伎演出费用称为线香费。

事情搞黄了，闹出了很大的动静。好不容易有人给她盖了房子，眼看就要搬进去了，她却跟人家吹了。因为她爱上了别人，本打算跟那人结婚的，谁知却被骗了。人陷进去了就会变成那样子吧？被那人甩了以后，她也不好意思再跟原先那人重归于好，不能再去要那个饭馆，脸面上过不去，也不好继续待在这里，所以只能到别处重操旧业。想来也是蛮可怜的。听说她有过不少人呢，我们也不是很清楚。”

“男人呗！有五个吗？”

“有吧。”驹子抿嘴笑着，忽然把头转了过去。

“菊勇姐这人也挺软弱的！是个胆小鬼。”

“她也是没办法。”

“难道不是吗？有人喜欢，可又怎么样呢？”

驹子低下头，用簪子挠了挠头发。

“我今天去送她，心里特别难受。”

“那那个盖好的饭馆怎么办了？”

“那人的大老婆过来打理了。”

“他大老婆过来打理饭馆？还真是有意思。”

“毕竟一切都准备就绪了，就等着开业呢，也只能那样了。他大老婆已经带着孩子搬过来了。”

“那他家里怎么办？”

“据说就留了老太太一个人在家。那男人虽是庄稼人，却喜欢搞这种事情，真有意思。”

“是个酒色之徒吧？年纪应该不小了吧？”

“挺年轻的，好像是三十二三岁吧。”

“哎！那岂不是小老婆比大老婆的年纪还要大。”

“都是二十七岁，同岁。”

“菊村这个店名应该是取的菊勇的菊字吧。居然让大老婆来打理。”

“已经挂上去的招牌，大概也没法再改了吧。”

岛村把衣领往中间拉了拉，驹子便起身去关窗户，边关边说道：“菊勇姐很清楚你的事，今天还跟我说你来了呢。”

“我在账房看到她过来辞行。”

“说什么了吗？”

“没有。”

“我的心情你能懂吗？”驹子把刚刚关上的拉门忽地又打开了，重重地坐到窗台上。

过了一会儿，岛村才开口说道：“这里的星星跟东京完全不同，简直就像是飘在空中。”

“那是因为今晚有月亮。今年的雪下得真凶。”

“好像还常常不通火车吧。”

“嗯，都有点儿吓人。汽车也是五月份才通车的，比往年晚了一个月。滑雪场上不是有个小卖店嘛，雪崩的时候，积雪把二楼都压塌了，下面的人不知发生了什么，只是听到奇怪的声音，还以为是厨房闹老鼠呢，便过去查看，结果厨房什么事也没有，等爬上二楼才发现，二楼已经整个儿被雪淹没了，连挡雨板什么的都给卷走了。虽然是表层雪崩，但广播里却说得挺邪乎的，连客人们都被吓得不敢来了。我本打算今年不滑雪了，去年年底就把滑雪板送了人，不过最终还是去滑了两三次。我是不是有点儿怪？”

“你师傅去世后，你过得怎么样？”

“你就少管人家的事啦！二月份的时候，我可是准时来这儿等你的。”

“既然回港口了，给我写封信说一声不就好了。”

“不！可怜兮兮的，我可不干。我不会去写那种不怕被你妻子看见的信，太可怜了。我不想因为顾忌太多而说些谎话。”

驹子连珠炮似的抢白道，语气有些激动。岛村点了点头。

“你别坐在一堆虫子中间，关了灯就好了。”

月色明媚，映出的影子中连女人耳廓的凹凸线条都清晰可辨。月光照进房间里，榻榻米显得冰冷发青。

驹子的嘴唇宛如水蛭美丽的环纹，柔软光滑。

“不，让我回去吧。”

“你还和以前一样。”岛村头往后仰，近距离地看着驹子那颧骨高耸看起来有些不太自然的圆脸。

“大家都说我一点儿没变，跟十七岁那年来这儿时一样，生活更是一成不变。”

她的脸上有一抹嫣红，依然透着北国少女的风情。艺伎特有的光滑肌肤在月光下闪着贝壳般的光泽。

“不过，我住的地方变了，你知道吗？”

“你师傅死了以后？你已经不住在那间蚕房了吗？这回住的地方是真正的住宿所吗？”

“真正的住宿所？是吧，在店里卖些粗点心和香烟，还是就我一个人忙活。这次是真正地受雇于人，所以晚上看书的时候我都点蜡烛。”

岛村抱着肩膀笑。

“因为有电表，不好意思费人家的电嘛。”

“是吗。”

“不过这家人对我相当不错，有时候我甚至都在想，我这样到底算不算是佣工。孩子一哭，老板娘就会把他们背到外面去，怕吵到我。我没有什么不满意的，只有一点让我有些不舒服，就是被窝总是铺得歪歪扭扭的。每次我回来晚了，这家人就会帮我把被窝铺好，不是被褥铺得不规整，就是床单铺歪了。我每次看到，都会觉得别扭，却又不好意思自己重新铺，毕竟人家也是一番好意。”

“你要是成了家，准是闲不住。”

“大家都这么说，我就这性格，这家人有四个孩子，东西扔得到处都是，真够人受的，我一天到晚跟在后面收拾。我也知道就算收拾完了，他们还是会到处乱扔，可就是闲不住。即便是这种环境，我也想在条件允许的范围内，把日子过得干净利索些。”

“那倒也是。”

“这种心情你能理解吗？”

“能理解。”

“那你倒是说说看，快说说看嘛。”驹子突然急切地追问道，“看吧，你根本说不出来，就知道骗人。你整天锦衣玉食的，对什么都不在乎，是不会理解的。”

之后，她又沉声说道：“真悲哀啊！我就是个傻瓜。你明天就回去吧。”

“被你那样追着问，我一时怎么说得清楚？”

“有什么说不清楚的啊？你就这点不好。”驹子面露无奈，声音有些哽咽。她紧闭着双眼，心想岛村总归能感受到自己的心意吧，于是又摆出一副已经想通的样子，说道：“你来吧，一年一次也行。只要我还在这儿，一年一次，你一定要来。”

驹子说她的雇佣期限是四年。

“回老家时，我做梦也没想到会再出来做生意，连滑雪板都送人了。唯一做到的事，也就是把烟给戒了。”

“对啊，以前你抽烟抽得挺凶的吧。”

“嗯。去宴会陪酒时，我会把客人给的烟偷偷放进袖子里，有时候到家掏出来一看，居然有好多支呢。”

“不过四年可挺长的。”

“很快就会过去的。”

“真暖和。”岛村顺势抱起靠向自己的驹子。

“我天生就身子暖。”

“这时节，早晚会有些凉吧。”

“我来这儿已经五年了，一开始心里没底，暗想居然要住在这种地方。那时火车还没开通，这里一片荒凉。打你头一次来这儿到现在，已经有三年了。”

岛村心想：在不到三年的时间里，自己总共来了三次，每一次来，驹子的境遇都在变化。

几只纺织娘忽然叫了起来。

“真烦人。”驹子从岛村的大腿上直起身来。

北风吹来，纱窗上的飞蛾齐刷刷地飞走了。

驹子看似半睁着乌溜溜的眸子，实际上双眼紧闭，只露出浓密的睫毛。岛村明明知道，却还是凑到近前看了看。

“戒完烟可是胖了。”

她肚子上的脂肪变厚了些。

分隔两地时总觉得捉摸不定，可这么一来，那种亲昵感马上就回来了。

驹子将手轻轻地放在胸口上，说道：“只有一边变大了。”

“傻瓜，那人有这癖好吧，只摸一边。”

“哎呀，真讨厌！净胡说，你这人真讨厌！”驹子忽然变了脸。

岛村心想：被我说中了。

“下回你跟他说，要两边匀着来。”

“匀着来？告诉他要匀着来？”驹子温柔地把脸靠过来。

这个房间在二楼，四周总有蛤蟆叫个不停。听起来不止一只，应该有两三只，一直围着房子转圈爬，已经叫了很长时间。

从旅馆的室内浴池上来后，驹子好像彻底放松了下来，开始轻声讲述自己的身世。

她甚至提起了自己刚到这里时头一次接受体检时的事。她说那时她认为还和半玉体检时一样，所以只脱了上衣，结果被人笑话了，她还因为这事哭了。

岛村问什么，她都照直回答。

“我那个很准的，每个月都提前两天。”

“不过，应该不影响去宴会陪酒吧？”

“嗯，这种事你都懂？”

她每天都会到有名的温泉去泡澡暖身子，为了陪酒，她要往返于旧温泉和新温泉之间，每次都得走上八里地，并且生活在这山沟沟里，她很少熬夜，所以身体健康，胖得很结实，不过她却和大多数艺伎一样，有着纤细的腰身，从正面看很苗条，从侧面看却很敦实。尽管如此，岛村还是被她吸引，大老远的来到这里，只因为对她怀着强烈的怜爱之心。

“像我这样的人，不知道还能不能生孩子？”驹子很认真地问了句，“只跟一个人交往，不就跟夫妻一样吗？”

岛村这才知道，驹子身边竟有这样一个人。她说她从十七岁跟了那人，到现在已经五年了。岛村一直很纳闷，不明白驹子为什么总是笨笨的，对人没有戒心，现在他终于明白了。

驹子说她还是半玉的时候，为她赎身的人死了，后来她回到港口，那个人马上找上了她，不知是不是因为这个，她从始至终都很讨厌那个人，与那个人总是不能相处得很融洽。

“能相处五年，应该是个很不错的人吧。”

“原本有两次机会可以分手的。第一次是我来这儿当艺伎，第二次是从师傅家搬到现在这户人家。可是我总是拿不定主意，我真是心太软了。”

她说那个人住在港口，不方便把她安置在镇上，所以在师傅来这个村子时，便把她托付给了师傅。她说那个人对她挺好的，可她却从没打算委身于他，也挺可悲的。她说那个人与她年纪相差很大，只是偶尔才来一趟。

“怎么样才能断了呢？我时常想，索性干点坏事儿得了，我真这么想的。”

“干坏事儿可不好。”

“干什么坏事儿啊，就我这种性格，根本干不出来。我很爱惜自己身子的。若是我想做，四年的期限就能缩短到两年，但我不想太拼命。毕竟身体最重要。如果拼命做的话，应该能赚到很多钱。因为我们是定年限的，只要不让主家亏了就行。每个月还多少本金，多少利息，交多少税，自己的伙食费是多少，总共需要多少钱一算就知道了。赚够这些就行，没必要太拼命。碰上那种很难伺候的宴会，若是不愿意陪了，我转身就走。除非是熟人点名叫我，否则旅馆也不会大晚上把我喊过来。要是花钱没个节制，做起来可真就没头了，但我只想随便赚一点儿，够开销就行。这还没到一年呢，我的本金已经还上一多半了。不过零花钱之类的，一个月也得三十。”

驹子说她一个月赚够一百就行。上个月收入最少的那个人赚了三百支香，也就是六十元钱。而她陪了九十多场酒宴，次数最多。每场酒宴她自己都能拿到一支香，主家虽说吃点儿亏，但总归是越赚越多。她还说在这个温泉村里，从没有人因为还不起欠款而延迟年限。

第二天早上，驹子照旧起得很早。

“我梦见自己正跟教插花的师傅打扫房间呢，然后就醒了。”

梳妆台已经被挪到了窗边，镜子中映着满山的红叶，洒满秋日明媚的阳光。

粗点心店的女孩儿拿来了驹子的换洗衣物。

却不是那个在拉门后面叫着“驹子姐”，声音清澈凄美的叶子。

“那姑娘怎么样了？”

驹子瞥了岛村一眼，“她天天去上坟。你看，滑雪场的最下边不是有一块开着白花的荞麦田嘛。那左边就是坟地，能看见吧？”

驹子回去后，岛村也去村子里散步。

屋檐下白墙边，一个穿着崭新的红色法兰绒山裤的女孩儿正在拍皮球，一派秋日景象。

这里有很多古风古韵的房子，感觉像是领主出巡时期的遗迹。房檐很深，二楼的纸拉窗又细又长，有一尺来高，檐头挂着用茅草编的帘子。

土坡上有道篱笆墙，种着细叶芒，开着黄褐色的花。细细的叶子片片散开，宛如喷泉，甚是好看。

路边向阳处，一个姑娘正在草席上打着红豆，那便是叶子。

颗颗红豆从干枯的豆荚中蹦落出来，如同粒粒光点。

可能因为头上包着手巾，所以并未看见岛村，穿着山裤的叶子叉着腿，一边磕打着红豆一边唱着歌，声音澄净凄美，似有回声。

蝴蝶、蜻蜓和蟋蟀

在山里叽叽喳喳叫不停，

金琵琶、金钟儿，还有纺织娘

岛村想起一首歌谣“杉树林中晚风拂起，硕大的乌鸦离枝高飞”。可从这个窗口望下去，却只看到一群蜻蜓在杉树林前飞来飞去，一如往日。夕阳西下，它们好像有些匆忙，加快了飞舞的速度。

临出发前，岛村在车站的小卖铺里看到一本介绍周边山况的登山指南新刊，便买了回来。他随便翻阅了一下，发现书中有这样一段记载：从这个房间可以眺望县界的群山，其中一座山的山顶附近有一条小路，贯穿美丽的池沼。附近的沼泽地里生长着各种各样的高山植物，繁花盛开。若是夏天，还能看到红蜻蜓翩翩飞舞，时而落在你的帽子上、手上，甚至是眼镜框上，与城里那些受尽欺凌的蜻蜓简直有着天壤之别。

然而，眼前的这群蜻蜓却显得很焦急，像是被什么东西追赶着，或许是害怕在夜幕降临之前，便被这黑幽幽的杉树林吞没了身影吧。

远山洒满夕阳，可以清楚地看到红叶从山顶向下蔓延。

“人啊，真是脆弱，听说脑袋和骨头都摔得稀碎。这要是熊，就算从更高的岩石上摔下来，也是毫发无伤。”岛村想起了今早驹子说过的话。她说又有人在爬山时遇难了，说话时还用手指了指那座山。

如果拥有了像熊一样坚硬厚实的毛皮，人类的官能定是与现在大不相同。可人类爱的却是彼此薄嫩柔滑的肌肤。岛村望着夕阳下的群山，竟涌起一丝感伤，开始想念起女人的肌肤来。

“蝴蝶、蜻蜓和蟋蟀……”岛村很早就吃了晚饭，当时有个艺伎正弹着蹩脚的三味线，唱着这首歌。

登山指南里只是简单地记载了登山路线、日程、住宿处和费用等，反倒是给了人自由遐想的空间。岛村头一次遇到驹子，也是在他走出残雪中萌动绿意的大山，来到这座温泉村的时候，而如今正是秋季的登山时节，望着留有自己足迹的大山，岛村不禁心驰神往。

岛村饱食终日，无所事事，却自讨苦吃地跋涉在群山之间，简直能被当作徒劳的范本。但也正是因为如此，他才能从中领略到一种虚幻的魅力。

分隔两地时，他总是想念驹子，可近在咫尺时，或许是因为精神过分放松，或许是因为对她的肉体太过熟悉，那种对女人肌肤的渴望和对大山的向往，全都幻化成同一个梦境。大概也是驹子昨晚刚在这里过夜的缘故吧。周遭一片静寂，他一人独坐，唯一能做的只是在心中默盼着驹子能不请自来。外面传来徒步旅行的女学生们充满朝气的喧闹声，岛村听着听着竟有了睡意，早早地便睡下了。

不久，好像下了场阵雨。

第二天早晨，岛村睁眼便看到了正端坐在桌子前看书的驹子，身上还是那件平常穿的绸子外褂。

“你醒了？”她轻声说了句，朝他看过来。

“你怎么在这儿？”

“你醒了？”

岛村怀疑她是在自己睡着后来这儿过的夜，他扫了一眼自己的被窝，拿起枕头边上的表看了一眼，发现才六点半。

“可真早。”

“女佣都来添过火了。”

铁壶上冒着热气，一派清晨的景象。

“起来吧。”驹子起身走过来，坐在他的枕边，那举动像极了普通的居家女子。岛村伸了个懒腰，顺势抓住她放在膝头的纤纤细手，摩挲着手指上那因为弹三味线而磨出的茧子。

“好困啊！天刚亮吧？”

“你一个人睡得好吗？”

“嗯。”

“你还是没留胡子。”

“对啊，上次分别时你说过，让我把胡子留起来。”

“反正你也忘了，忘就忘了吧。你这胡子总是刮得干干净净的，青魆魆的。”

“你不也是一样吗？每次卸掉白粉后，都跟刚刮完脸似的。”

“你的脸是不是又胖了些。你皮肤白，要是没胡子，睡着时会看起来怪怪的。很圆。”

“线条柔和点儿，不是挺好吗？”

“感觉靠不住。”

“讨厌！你一直盯着我看吧？”

“是啊。”驹子点了点头，忽然从微笑变成大笑，攥着岛村手指的手也在不觉间更加用力。

“我躲在壁柜里，女佣丝毫没察觉。”

“什么时候？你什么时候躲过去的？”

“就刚刚啊，女佣拿火进来的时候。”

说完，驹子像是还在回忆似的，一直笑个不停，小脸儿一直红到了耳根。像是要掩饰自己的窘态，她抓起被角扇了扇，口里说道：“起来吧，起来吧！”

“好冷啊。”岛村紧紧抱住被子，问道，“旅馆的人已经起来了吗？”

“不知道啊！我是从后面上来的。”

“后面？”

“我从杉树林那边爬上来的。”

“那儿有路吗？”

“没路，但是近啊。”

岛村一脸诧异地看着驹子。

“谁都不知道我来了。厨房里有点儿响动，但大门还关着呢。”

“你又起得这么早。”

“昨晚一直睡不着。”

“昨晚下阵雨了，你知道吗？”

“是吗？我说那边的山白竹怎么湿漉漉的呢，原来是下过阵雨啊。我要回去了，你再睡会儿吧，好好休息。”

“我这就起来。”岛村拽着驹子的手，一下子从被窝爬了起来。他走到窗前，向下看了看她所说的爬上来的地方，只看到一片长势凶猛的灌木丛。紧挨着杉树林的半山腰处，顺着旅馆的窗根儿种着萝卜、红薯、葱和山芋之类的，虽是些稀松平常的蔬菜，但在朝阳的映照下，每种菜叶都呈现出不同的颜色。岛村感觉自己从未见过这般光景。

通往浴池的走廊上，旅馆伙计正在给水中的红鲤鱼喂食。

“天冷了，它们都不好好吃食了。”旅馆伙计对岛村说道，眼睛一直盯着漂在水面上的鱼饲料。那鱼饲料是将蚕蛹晒干捣碎后制成的。

驹子坐在那里，一副清清爽爽的模样，冲着洗澡回来的岛村说道："这么安静的地方，要是做做针线活就好了。"

房间刚打扫完，秋日的晨光洒落在略显陈旧的榻榻米上。

"你会做针线活？"

"你太小瞧我了，一众兄弟姐妹当中，数我最能干。回头想想，好像长大那会儿，家里正困难。"她像是在自言自语，忽然抬高声调说道："刚刚女佣一副奇怪的表情问我：'驹子姑娘，你什么时候来的？'我也不能三番五次地躲到壁柜里啊，真愁人。我回去了，挺忙的，昨晚睡不着，所以打算洗个头发。洗完头发，要等头发干了再去梳头师傅那儿梳头，所以不早点儿洗的话，就赶不上中午的宴会了。这里也有宴会，不过他们昨天晚上才通知我，可我已经应了别处，所以不能来这里了。今天是星期六，会很忙，不能过来玩啦。"

驹子嘴上这么说着，却不像是要起身离开的样子。

她决定不洗头了，邀岛村到后院走走。回廊下面摆着湿漉漉的木屐和布袜子，想必她刚才就是从那里偷溜进来的吧。

她说她是穿过那片山白竹爬上来的，但现在看来，那里根本穿不过去，于是两人便沿着农田，循着水声往下走，却见河岸正是一道悬崖峭壁。栗子树上传来孩子的声音，脚下的草丛中散落着几颗带毛刺壳的栗子。驹子用木屐把它们踩碎，剥去外壳，取出果实，都是些很小的栗子仁。

对岸陡峭的山腰上，一大片茅草已经抽穗，随风摇曳，闪着炫目的银光。那一片炫目的银色，倒更像是透明的幻景飘浮在秋日的天空。

"要不要去那边看看，能看见你未婚夫的坟。"

驹子倏地踮起脚来，直视着岛村，忽然将一把栗子扔到他脸上。

“你在耍我吗？”

岛村躲闪不及，被打中了额头，很疼。

“那坟跟你有什么关系，你就要去看。”

“干吗这么生气啊？”

“对我来说，这是件很严肃的事。不像你，凡事都抱着玩的心态。”

“谁凡事都抱着玩的心态了？”他无力地嘟囔了一句。

“那你干吗说什么未婚夫？我之前不是跟你说过嘛，他不是我未婚夫，你都忘了吧？”

岛村并没忘。

“师傅或许是想过让我和她儿子结婚，但只是心里想，并没有说出来过。不过对于师傅的心思，她儿子和我都隐隐约约有所察觉，可我们两个之间什么都没有。我们一直各自生活，我被卖去东京时，他曾一个人为我送行。”

岛村记得驹子这样说过。

那个男人病危之时，她却在岛村房里过夜。

她还曾不顾一切地说过“我喜欢怎样就怎样，一个将死之人管得着吗？”这样的话。

岛村还记得，正当驹子在车站为他送行时，叶子跑了过来，告诉驹子病人情况不妙，可驹子坚决不肯回去，好像最终也没能见病人最后一面。过往种种，让岛村更加忘不了那个叫行男的人。

对于行男的事，驹子总是避而不谈。即使两人没有婚约，可她毕竟是为了帮他支付医疗费才来这里当艺伎的，所以对她而言，那必定“是件很严肃的事”。

看到被栗子砸中头的岛村似乎并没有生气，驹子瞬间愣了一下，忽然瘫软地靠在了岛村的身上。

“你是个实诚人，是不是觉得挺悲哀的。”

“小孩子在树上看着呢。”

“搞不懂，东京人真复杂，是因为周遭太喧闹，才总是心不在焉吧。”

“我对什么事都心不在焉。”

“早晚有一天，连对生命都会心不在焉的。去坟上看看吗？”

“嗯。”

“看吧，你根本不想去坟上看看嘛。”

“是你自己想不开罢了。”

“我一次都没去过，我就是想不开，真的一次都没去过。现在师傅也一起埋在那里，虽然我觉得对不起师傅，可事到如今，我更不能去了，感觉有些虚情假意的。”

“是你复杂吧。”

“为什么？既然面对一个活人，我没能把自己的想法明明白白地说出来，至少在他死了之后，我要把事情摆清楚。”

杉树林里一片静寂，那静寂仿佛会凝成冰冷的水滴滴落下来。穿过杉树林，沿着滑雪场下面的铁道走去，很快便来到坟地。田埂微微隆起的角落里，只有十来块破旧的石碑和地藏菩萨立在那里，光秃秃的，显得很寒酸，花都没有。

这时，叶子的上半身忽然出现在地藏菩萨后面低矮的树荫里。刹那之间，她又换上了那副面具般严肃的表情，用炙热带刺的目光看向这边。岛村冲她微微点了点头，旋即停住了脚步。

“叶子你真早啊！我要去找梳头师傅……”驹子的话还没说完，突然刮起一阵黑风，差点儿把人刮跑。她和岛村都不由得缩了缩身子。

一列货运火车从他们身旁轰隆隆地驶过。

“姐姐！”透过火车巨大的轰鸣声，一声呼喊追入耳际。一个少年站在黑色的货车门里，挥动着帽子。

“佐一郎！佐一郎！”叶子呼喊着。

正是在雪中信号所前呼喊站长的那个声音。那声音美得凄婉，好似在朝着远去的船只呼喊，哪怕船上的人根本听不见。

货运火车驶过后，如同摘下了蒙眼布，铁路对面的荞麦花立刻映入眼帘。鲜艳的花朵开满红色的花茎，静谧悠然。

由于意外遇到叶子，两人丝毫没有察觉到火车驶来，不过随着火车飞驰而过，所有的尴尬也已烟消云散。

车轮声消失之后，叶子的声音好像还留着余韵，那纯洁而真挚的声音依然回荡在空中。

叶子目送着火车驶去。

“我弟弟在火车上，我是不是该去车站看看。”

“可火车不会在车站等你啊。”驹子笑着说道。

“也是啊。”

“我不会给行男上坟的。”

叶子点了点头，稍稍迟疑了一下，便蹲在坟前，双手合十。

驹子仍直挺挺地站在那里。

岛村将目光移向地藏菩萨。佛像有三面雕刻着细长的脸，一双手在胸前合十，左右两边还各有一双手。

“我去梳头啦。”驹子朝叶子说了句，便沿着田埂，朝村子的方向走去。

在树干之间拴上几排竹竿或木杆，如同晾衣竿一样，将稻子挂在上面晾干，看起来宛若一座高大的稻子屏风。当地人管这叫稻架。岛村他们所走的那条路的路边，便有农民正在制作这种稻架。

穿山裤的姑娘轻扭腰身，将成捆的稻子往上扔。男子爬到高高的稻架上，灵活地接住稻子，捋齐并分成两股，搭在架子上。他们专注且熟练，麻利地重复着相同的动作。

驹子将挂在稻架上的稻穗捧在手心掂了掂，仿佛托着什么宝贝，然后晃动着稻穗说道：“这稻子真不错，摸着也舒服，跟去年的完全不一样。”她眯着眼睛，好像很享受抚摸稻穗的感觉。稻架的上面，一群麻雀正在低空中飞来飞去。

路边的墙上残留着破旧的招贴，上面写着：“插秧工工钱协议。每天工钱九十钱，包吃。女工工钱六折。”

叶子家也有稻架，就在公路边上稍稍凹进去的那块菜地里面。在院子的左边，贴着邻居家的白墙种着一排柿子树，中间便搭着高高的稻架。在菜地与院子的交界处也搭着稻架，与搭建在柿子树上的稻架形成直角，在一边留着入口，人可以从稻子底下钻过去，看上去如同搭了个小棚子，只不过不是用席子，而是用稻草。菜地里的大丽花和玫瑰已经枯萎，前面的芋头却枝繁叶茂。养红鲤鱼的荷花池在稻架的那头，根本看不见。

驹子去年住的那间蚕房的窗户也被挡住了。

叶子似有些愠怒地低下头，穿过稻穗的入口回家了。

“她一个人住在这房子里吗？”岛村望着叶子那微微弓着腰的背影说道。

“大概不是吧。”驹子冷冷地答道。

“哎呀，讨厌！我不去梳头了。都怪你多事，打扰她上坟了。”

“是你自己别扭，不想在坟头遇见她吧。”

“我的心情你不懂，待会儿有空了，我就去洗头。可能会晚些，不过我一定会去。”

半夜三点。

有人打开了拉门，像是要把拉门推飞似的。岛村被那声音吵醒，刚睁开眼睛，驹子就一下子横躺在了他的胸口。

“我说会来，就来了吧？你看，我说来就来了吧。”她喘着粗气，连肚子都跟着起伏。

“你醉得挺厉害啊。”

“你看，我说来就来了吧。”

“嗯，来了。”

“来这里的路，什么也看不见，看不见。唉！难受！”

“醉成这样，你怎么爬上来的。”

“不知道，我什么都不知道。”驹子使劲儿往后仰，翻动着身子。岛村被她压得难受，想要站起来，却因为突然被吵醒，身体有些打晃，随即便又倒了下去，脑袋枕到一个滚烫的东西，把他吓了一跳。

“傻瓜，烫得像团火。”

“是吗？火枕头，会烫伤的哦。”

“还真是。”岛村闭上眼睛，那股直沁脑门的热气让他感觉到自己确确实实是活着。伴随着驹子急促的呼吸，一种真实感迎面袭来。那种情绪似眷恋，似悔恨，仿佛在安静地等待着某种形式的复仇。

“我说来就来了吧。”驹子一个劲儿地重复着。

“我这样就算来过了，现在要回去，我要洗头发。”驹子说完便爬起来，咕咚咕咚地喝着水。

“醉成这样，怎么回去啊。”

“我要回去，我有同伴儿啊。我洗澡的东西哪儿去了？”

岛村起身开灯，驹子立刻用手捂住脸，趴在榻榻米上。

“不要啊。”

她穿着华丽的元禄袖羊毛夹衣，外套黑领睡衣，系着一条细腰带，看不见衬衣的领子，光着的脚丫也泛出红晕。她将身子蜷缩成一团，像要躲起来一样，看上去很是惹人怜爱。

洗澡的东西好像都被她扔了出来，香皂和梳子散落一地。

“你帮我剪，我带剪刀来了。”

“剪什么？”

“剪这个。”她把手放在发髻后面。

“我本想在家把这发绳剪断的，但手不听使唤，就顺道来你这儿，想让你帮我剪。”

岛村把她的头发拨开，剪断了发绳。每剪断一处，她都会把那股头发抖落，

情绪也逐渐稳定下来。

“现在几点了？”

“已经三点了。”

“哎呀，这么晚了？可不要剪到头发啊。”

“你绑了好多发绳啊。”

他手中攥着假发，发根处传来一阵温热。

“已经三点了？我从宴会回到家，好像倒在那就睡着了。事先跟朋友约好了，所以她们才去叫我的。她们现在一定在猜我去哪儿了。”

“她们在等你吗？”

“在公共浴池里呢，我们一共三个人。原本有六场宴会，但我们只陪了四场。下周会有很多人来赏红叶，有得忙啰。谢谢你。”驹子梳理着散开的头发，抬起头抿嘴笑道，“不管了，嘻嘻，真奇怪。”

然后无奈地捡起了假发。

“不好意思让朋友们一直等，我要走了，回去时就不过来了。”

“看得清路吗？”

“看得清。”

她嘴上这么说着，脚却踩在了裙摆上，打了个趔趄。

早上七点，半夜三点，她一天两次偷空跑过来，时间点都不太正常，岛村感觉事情有些不寻常。

旅馆的伙计们正在门口装饰着红叶，跟新年时挂的门松一样。是对前来赏红叶的客人表示欢迎的一种方式。

在那里态度傲慢、指手画脚的是一位自嘲为候鸟的临时伙计。有一些人，从新绿萌发的初春到红叶浸染的深秋，会在这一带的山间温泉做工，等到了冬天，再到热海或长冈等地的伊豆温泉浴池谋生，这伙计便是其中之一。他不一定每年都在同一个旅馆，他时常炫耀自己在繁华的伊豆温泉浴池里做工的经历，背地里总说这一带的旅馆不会待客。他拱手作揖，死乞白赖地招揽着客人，却是一副乞丐相，看起来毫无诚意。

“先生，您知道木通果吗？您要是吃的话，我给您拿些来。”他对着散步归来的岛村说道，一边把长着木通果的枝蔓绑在红叶枝上。

那红叶枝大概是从山里砍来的，顶部快碰到房檐了，每一片叶子都大得惊人，红得通透艳丽，把大门口映得亮堂堂的。

岛村攥着冰凉的木通果，朝账房那边瞥了一眼，看到叶子正坐在火炉旁。

老板娘正在用铜壶烫酒，叶子坐在她对面。每次老板娘说点儿什么，叶子就使劲儿地点头。叶子没穿山袴，也没穿外褂，只穿着件绸子和服，好像刚刚浆洗过。

“来帮工的吗？”岛村若无其事地冲伙计问了句。

“是啊，承蒙各位客人捧场，店里忙得很，人手不够啊。”

“和你一样吧。”

“是啊。不过她是本村的姑娘，看起来有点儿怪。”

看起来叶子是在厨房干活，从没去过客人的酒宴。客人一多，厨房里的女佣们就会提高嗓门，却未曾听到叶子那美妙的声音。据负责岛村房间的女佣说，叶子有个习惯，便是睡觉前会在浴池里唱歌。不过岛村从来没有听到过。

可是一想到叶子也在这个旅馆里，岛村对于叫驹子过来这件事总觉得心存顾虑。驹子对他倾注了感情，但他沉浸在自己虚构的幻境之中，只觉得那是一种美丽的徒劳。可也正因如此，她与生活奋力对抗的模样，同她那赤裸的肌肤一般，深深打动了他。他可怜驹子，同时也可怜他自己。他觉得叶子的目光就像一道光，无心之间将这所有一切射穿。岛村被叶子深深地吸引了。

当然，即使岛村不叫，驹子也常常过来。

曾有一次，岛村去溪谷深处看红叶的途中，经过了驹子的家门，她听到汽车的声音，料定那是岛村，便飞奔而出，可岛村却连头都没回，她说他是个薄情之人。只要旅馆叫她，她必定会顺道跑去岛村的房间，去洗澡时也会顺道去看岛村。有宴会时，她会提前一个钟头过来，在岛村的房间里玩，直到女佣叫她。陪酒时也常常偷溜出来，在梳妆台前补妆。

“我要去干活了，因为要赚钱。好啦，赚钱去，赚钱去。”说罢便起身离开。

她总爱把带过来的东西，比如装琴拨的袋子、外褂之类的都放在他的房间，然后回家。

“昨晚回去后，发现没有热水，便在厨房里翻来找去，最后把早上剩下的味噌汤浇在米饭上，就着梅干吃了，冰凉冰凉的。今天早上没人叫我起床，我睁开眼睛一看，都十点半了，本打算七点钟起床过来的，却没起来。”

她会把这些琐事，以及从哪家旅馆去了哪家旅馆等这些去宴会陪酒的情形全都讲给岛村听。

“我待会儿再来。”她喝了点儿水，起身说道，“也可能就不来了，毕竟是三十人的宴会，而我们就三个人，会很忙的，没办法偷偷溜出来。”

可是没一会儿工夫，她就又来了。

“吃不消啊，三十个客人，我们却只有三个人，另外两个还是一老一小，可苦了我了。客人还小气，准是什么旅行团的，三十个人啊，至少也得叫六个人陪吧。我过去喝点儿酒，吓吓他们。”

每天如此，结果会如何？驹子似乎想把身心都藏起来，却莫名流露出一种孤独，反而平添了几许风情。

“那走廊一踩就响，太难为情了，就算放轻脚步也会被听到。从厨房边经过时，他们会笑我，说什么‘驹子姑娘，去山茶厅吗？’真没想到会有这么多顾虑。”

“小地方嘛，会很麻烦吧。”

“大家都知道。”

“这样不太好吧。”

“是啊，小地方，风评一差就完了。”说罢，又马上抬起头来，微笑着说道，“没事儿，我们这种人，到哪儿都能糊口。”

那真诚直率的语气，让靠着父母遗产饱食终日的岛村颇感意外。

“我说的是真的，在哪儿挣钱都一样，没必要想不开。”

虽是满不在乎的语气，但岛村却听到了她内心的声音。

“没关系。毕竟能真心去爱的，也只有女人。”驹子的脸色泛起一抹红晕，轻轻低下了头。

她衣领开口很大，露出的肩背好似展开的白扇面。涂着厚厚白粉的皮肤看起来像一块毛料，又有点儿像动物，莫名地流露出一种悲凉的感觉。

“如今这世道啊……”岛村嘟囔着，却突感说出的话那么空泛无力，不由得心头一冷。

可驹子却单纯地答道：“什么世道都一样。”

说罢抬起头，又心不在焉地说了句：“你不知道吗？”

贴在后背上的红衬衣被挡住看不见了。

岛村正在翻译保尔·瓦莱里①、阿兰②以及法国文人们在俄国舞蹈繁盛时期发表的舞蹈论。他打算自费出版少量精装本。他的书对于当下的日本舞蹈界没有丝毫用处，却反倒让他感到心安。用自己的工作嘲笑自己，未尝不是一种肆意而为的快乐。或许还能为他幻化出哀伤的梦幻世界，他更没有必要急着出去旅行了。

他仔细地观察了昆虫闷死的情形。

秋意渐冷，他房间的榻榻米上每天都有虫子死去。那些翅膀坚硬的虫子一旦四脚朝天，就再也爬不起来了。蜜蜂爬几步就栽倒，再爬再倒。随季节更替自然死去，该是一种安静的死法，但近看就会发现，它们在垂死挣扎，触角和触须仍在颤抖。这些小虫子能死在八叠

① 保尔·瓦莱里：Paul Valery（1871—1945），法国诗人、评论家。

② 阿兰：Alain（1968—1951），法国思想家、文学家。

大的榻榻米上，也算非常宽敞了。

岛村用手掐住虫子尸体，要把它们扔掉，有时也会突然想起家里的孩子们。

有些飞蛾始终一动不动地趴在纱窗上，其实已经死掉了，最后像枯叶一样飘落，还有些从墙上掉落下来。岛村将飞蛾拿在手中，心想：怎会生得这般美丽？

防虫的纱窗已经被拆掉，虫鸣声明显减弱。

县境群山呈现出的红褐色越发浓重，在夕阳的映衬下微微反光，好似冰冷的矿石。旅馆里住满了前来观赏红叶的游客。

“我今天大概不能来了，因为本地人要举办宴会。”那天夜里，驹子也顺道来了岛村的房间。她走后没多久，大厅里就响起了鼓声以及女人刺耳的尖叫声。然而在这一片喧闹之中，他的耳边意外地传来一个清亮的声音。

“有人在吗？有人在吗？”是叶子在叫。

“驹子姐让我把这个送过来。”叶子站立着，伸手把东西递过来，那动作像个邮差，旋即又赶忙跪坐下来。当岛村将叠好的纸条打开时，叶子已不见了踪影，话都没来得及说一句。

“正玩在兴头上，在喝酒。”白纸上只写了这么一句，字间透着醉意。

可刚过去没十分钟，驹子就伴着零乱的脚步声走了进来。

“刚刚那丫头没来送什么东西？”

“来了。”

“是吗？”她眯起一只眼睛，看上去心情不错。

“嗯，舒坦，我说去要酒，就偷偷跑出来了，被伙计看见了，挨了顿骂。酒不错，挨骂我不怕，弄出脚步声我也不在乎。啊，讨厌！我一到这儿酒劲儿就上来了，我要去干活了。”

“连指尖的颜色都这么好看。”

“哎，吃这碗饭的嘛。那丫头说什么了吗？她吃醋那劲儿可吓人呢，你知道吗？”

“谁啊？”

“会被她杀死的。”

“那姑娘也在这儿帮忙吧。”

“她把酒壶端过来，然后就站在走廊的暗处，目不转睛地盯着看，两眼闪着亮光。你就喜欢那种眼神吧？”

“她看的时候，心里一定觉得那场面下流。”

“所以我就写了张纸条，让她送过来。我想喝水，给我点儿水。到底是谁下流？女人嘛，不想法子追到手，根本不知道啊。我是不是醉了？”她好像要摔倒似的，用手抓住梳妆台的两角，照了照镜子，便撩起和服下摆走出了房间。

没过多久，宴会好像结束了，旅馆里忽然安静下来，远远地能听到收拾碗盘的声音。岛村心想：驹子也被客人带到别的旅馆，继续陪下一拨了吧。正在这时，叶子又拿来了驹子叠好的纸条。

“山风馆已结束，接下来去梅花厅，回家前顺道过去，晚安。”

岛村苦笑着，感觉有些不好意思。

“谢谢！过来帮忙的？”

“嗯。”叶子点了点头，美目一瞥，眼神带刺。岛村感觉有些狼狈。

岛村之前见过这姑娘好几次，每次总带给他些许感动。现在她若无其事地坐在面前，他却莫名地感到不安。她的一举一动都太过严肃，让人感觉像是有什么不同寻常的事正在发生。

“看起来挺忙的。”

“嗯，可我什么也做不了。”

“我见过你好多次。头一次是在火车上，当时你是陪病人回来，还拜托站长关照你弟弟，你记得吗？”

“嗯。”

“听说你睡觉前会在浴池里唱歌？”

“哎呀，怎么这样，太不像话啦。”她的声音美得惊人。

“我觉得你所有的事情我都知道。”

“是吗？听驹子姐说的吗？”

“她什么也不说，似乎不大愿意提起你的事。”

“是吗？”叶子轻轻转过身去，“驹子姐是个好人，她挺可怜的，请你好好待她。”她说得很快，尾音微微发颤。

“可我什么都给不了她。”

叶子的身体好似在颤抖，脸上闪出危险的光。岛村将视线从她脸上移开，笑着说道：“或许我早点儿回东京比较好。”

“我也要去东京。”

“什么时候？”

“什么时候都行。”

“那我回去的时候，带你一起走吧？”

“嗯，请带我回去。”她淡淡地答道，声音中却透着认真，这让岛村感到很吃惊。

“若你家里人同意的话。”

“说起家里人，我只有一个在铁路上做事的弟弟，所以我能自己做主。”

“你在东京有能投靠的人？”

“没有。”

“你跟她商量了吗？”

“驹子姐吗？驹子姐太可恨，我不会跟她说的。”

或许是精神已经放松下来了，叶子抬起头，用水汪汪的眼睛看着岛村。岛村感受到了一种神奇的魅力，可不知为何，对驹子的感情之火反倒更加猛烈地燃烧起来。他甚至在想：就像私奔一样，带着一个不知根底的姑娘回东京，对驹子来说，这或许是最震撼的谢罪方式，同时也是某种惩罚。

“你就这样跟个男人走了，不害怕吗？”

“为什么害怕？”

“到了东京后在哪儿落脚？想做些什么？至少这些得先定下来，否则岂不是很危险。”

“我一个女人家，怎么都成。”她说话时尾音上挑，非常好听。她盯着岛村，继续说道，“你能雇我当女佣？”

“你要当女佣？”

“我才不要当女佣。”

“你之前在东京做什么？”

“护士。”

“医院还是学校？”

“都不是，只是想过当护士。”

岛村回想起了叶子在火车上照顾师傅家儿子的情形，那认真的神情或许也表现出了她想当护士的志向吧。想到这里，他不禁露出一抹微笑。

“那你这次也是想去学护士吗？”

“我已经不想当护士了。”

“你这样变来变去的可不行。”

“哎呀，什么变不变的。”叶子不以为然地笑了。

那笑声不似痴笑，清亮澄净，流露出些许悲凄，徒自轻叩岛村的心门，然后慢慢消散。

“我哪里说错了吗？”

“我只护理一个病人。”

“哦？”

“已经没有机会了。”

“是吗？”岛村有些意外，静静地说道，“听说你每天都会去荞麦田下面的坟地看他。”

“嗯。”

“你觉得这一辈子都不会再照看其他病人，再去给别人上坟了吗？”

“再也不会了。”

“那你怎么舍得离开那座坟，去东京呢？”

“哎呀，对不起！请带我走吧。”

“驹子说你吃醋的劲儿很吓人。那人不是驹子的未婚夫吗？”

“你说行男吗？瞎说，都是瞎说的。”

“那你说驹子可恨，是怎么回事？”

“驹子姐？”叶子的语气像是在招呼一个站在面前的人，亮晶晶的眼睛盯着岛村。

“请你好好待驹子姐。”

“可我什么也给不了她。”

泪水从眼角滑落，叶子捏住落在榻榻米上的小飞蛾，抽泣着说道：“驹子姐说我会疯掉。”说罢，忽地冲出房间。

岛村感到一股寒意。

他打开窗户，想把被叶子捏死的飞蛾扔出去，却看见喝醉的驹子正微微弯着腰，好像是在逼着客人划拳。天色阴沉。岛村到旅馆的浴池里洗澡。

叶子带着旅馆的小孩子进了隔壁的女浴池。

她给孩子脱衣服，帮孩子洗澡，她说话的声音清纯甜美，像个温柔的母亲，听起来特别舒服。

然后，她开始唱歌：

……

走到后边看一看

梨树有三棵

杉树有三棵

总共是六棵

下有乌鸦在筑巢

上有麻雀在搭窝

林中蟋蟀叫不停

究竟为什么

阿杉给朋友去上坟

一座一座又一座

叶子用稚嫩轻快、活泼跃动的语调唱着《拍球歌》，与方才判若两人，让岛村感觉恍如梦中。

叶子不停地跟小孩子说话。她离开以后，那声音还宛如笛声一般余音缭绕。门口陈旧的地板发出乌黑的光，装三味线的桐木琴盒摆在那里，衬着秋夜的寂寥，也勾起了岛村的兴趣。他正在查看琴主人的名字，驹子从传出洗碗声的方向走了过来。

“你在看什么？”

“这人是在这里过夜吗？”

“谁啊？啊，这个吗？笨啊，谁能拿着那东西到处走啊？有时候会放这儿好几天呢。”驹子笑着说道，忽然难受地喘着气，闭上眼睛，撂下和服下摆，趔趄着靠在岛村身上。

“哎，送我回去吧。”

“别回去了。”

“不行，不行，我要回去。这是本地人的宴会，大家都去下一拨了，只有我留了下来。因为这里有宴会，倒也没有关系，但朋友约我回家后一起去洗澡，如果我没在家，就太说不过去了。”

驹子醉得厉害，却在陡坡上走得又快又稳。

“是你把那丫头弄哭的吧。”

“说起来，她确实有点儿疯癫。”

“你那样看别人，有意思吗？”

“不是你说她会疯掉的吗？她好像就是想起了你的话，觉得憋屈才哭的。”

“那样的话，就算了。”

“可还没过十分钟，她便在浴池里唱起了歌，声音还挺好听的。”

“在浴池里唱歌是那丫头的怪癖。”

“她还很认真地拜托我，要我好好待你。”

“真傻。不过，这种事情你没必要跟我这儿宣扬吧？”

“宣扬？也不知道为什么，只要一提那姑娘，你就会莫名其妙地闹别扭。”

“你想要那丫头吗？”

“你看，你净说这种话。”

“我没开玩笑，一看到那丫头，就觉得她将来很可能变成我的累赘，就是有这种感觉。你也一样，假如你喜欢那丫头，就好好观察一下，你一定也会这么想的。”驹子把手搭在岛村的肩膀上，偎靠过去，忽又摇了摇头，“不对，如果把那丫头托付给你这样的人，也许她就不会疯掉，你能替我带走这个累赘吗？”

“够了，别再胡说了。”

“你以为我在说醉话吗？想到那丫头能待在你身边，有你疼，我就能在这大山里肆意放纵了，多痛快。”

“喂！”

“不要你管。”驹子快步逃开，“咚”的一声撞在挡雨板上。那便是她住的地方。

“他们以为你不回来了。”

“没事的，能打开。”

驹子托着门板底边往上抬，发出嘎吱嘎吱的响声。她轻声说道：“进去坐坐？”

“太晚了……”

“这家人都已经睡着了。”

岛村着实有些犹豫。

“那我送你。”

“不了。”

“不行，你还没看过我这回住的房间呢。”

从厨房门走进去，只见这家人横七竖八地睡在那里，身上盖着硬邦邦的棉被，那棉被的用料和当地人穿的山裤一样，却已褪了色。昏黄的灯光下，老板夫妇和他们十七八岁的大女儿以及五六个小孩子各自朝着不同的方向睡着，清贫之中蕴含着强大的力量。

岛村好像被他们睡梦中呼出的温热气息推搡着，不由得想退到外面去。可驹子已“啪”的一声关上了后门，踩着木板走了过去，丝毫不怕弄出脚步声。于是岛村也轻手轻脚地从孩子们的枕头边穿了过去，一种奇妙的快感让他心头一颤。

“你在这等会儿，我去二楼开灯。”

“不用了。”说罢，岛村便爬上了黑魆魆的楼梯。他回过头，循着一张张朴实的睡脸，看见了对面卖粗点心的店铺。

这是典型的农房，二楼铺着旧榻榻米，有四间屋。

“就我一个人住，宽敞倒是挺宽敞的。”虽然驹子这么说，可实际上所有的拉门都敞开着，旁边的屋子堆满了旧家具，熏黑的隔扇后面铺着驹子小小的被窝，墙上挂着去宴会陪酒时穿的衣服，倒很像个狐狸洞。

驹子轻轻地坐在地上，把仅有的一个坐垫给了岛村。

她照了照镜子，说道：“哎呀，通红通红的，我醉得这么厉害吗？”

然后，她在衣柜顶上翻找着。

“这些都是日记。”

“这么多啊。”

她从旁边拿出一个千代纸糊的小盒子，里面装满各种香烟。

“我会把客人给的香烟放在袖子里或夹在腰带里带回来，虽然都是这样皱皱巴巴的，却不脏。各式各样的，差不多全了。”说罢，她将手伏在地上，在岛村身前翻弄起盒子里的香烟来。

“哎呀，没火柴。我戒烟了，也就用不着火柴了。”

“算了。你在做针线活？”

“嗯。赏红叶的客人一多，就很少有时间做了。”驹子转过身，把衣柜前的料子往边上挪了挪。

上好的直木纹桐木衣柜和华丽的朱漆针线盒，大概是驹子在东京生活时置办的，还同她住在师傅家那旧纸盒般的阁楼时一样，但摆在这清冷荒芜的二楼上，不免显得凄凉。

细细的灯绳从电灯上一直垂到枕边。

“看完书睡觉时，拉它就能关灯。”驹子摆弄着那根灯绳，温顺地坐在那里，俨然一副居家小女子的模样，面带娇羞。

“像是待嫁的狐狸。”

“还真是。”

“要在这间屋子里住四年吗？”

“不过已经过去半年了，很快的。”

楼下依稀有鼾声传来。岛村找不到话茬，忙不迭地站了起来。

驹子一边关门，一边探出头，仰脸望着天空。

“快下雪了，红叶也要谢了。”说完走到外面，“这一片全是山，红叶还没谢，就会开始下雪。”

“我走了，晚安！”

“我送你，就送到旅馆门口。”

可她还是跟岛村一起进了旅馆，说了声晚安，便不见了踪影。过了片刻，她端来两杯斟得满满的冷酒，一进房间后便火急火燎地说道：“来，我们喝一杯，喝。”

“旅馆的人都睡了，你这酒是从哪儿拿来的？”

“嗯，我知道放酒的地方。”

看来她从酒桶里倒酒时已经喝过了，方才的醉劲儿又上来了。她眯着眼睛，盯着酒从杯子里溢出来，嘴上念叨着：“不过，黑灯瞎火的，真喝不出个滋味儿来。”

岛村随手接过那杯冷酒，一口喝了下去。

只喝这么一点儿，本不该醉的，可或许是刚刚在外面着了凉，岛村忽然觉得恶心，酒劲儿一下子就上了头。他好像知道自己面色惨白，闭上眼睛躺了下来。驹子赶忙过来照看他。过了片刻，岛村沉醉在女人热乎乎的身体里，像个孩子一样，彻底地放松下来。

驹子有些害羞，她的动作越看越像一个没生过孩子的姑娘，抱着别人家的孩子，抬头看着孩子入睡。

过了好一会儿，岛村忽然嘟囔了一句："你真是个好姑娘。"

"为什么这么说？好在哪儿？"

"是个好姑娘。"

驹子背过脸去，一边摇晃着岛村的身体，一边断断续续地说道："是吗？你真讨厌，说什么呢？你清醒点儿。"之后便不再作声。

片刻后，她抿嘴笑了笑："我不好，你快回东京吧，否则我就吃不消了，我已经没有可穿的衣服了。每次来你这儿，我都想换身衣服，现在所有衣服都穿了个遍，这件还是问朋友借的呢。是不是个坏姑娘？"

岛村竟无话可答。

"这样的人，好在哪儿呢？"驹子的声音有点儿哽咽。

"头一次见你时我就想，这人怎么这么讨厌，怎会有人说话这么不礼貌。那时真觉得你很讨厌。"

岛村点点头。

"哎呀，这话我之前可一直没说。你知道吗？让一个女人说出这样的话，岂不是完了。"

“没事儿。”

“是吗？”说完驹子沉默了许久，好像在回忆自己的过去。岛村感受到了一个女人生命的温度。

“你真是个好女人。”

“怎么个好法？”

“是个好女人。”

“你个怪人。”驹子害羞地把脸缩向肩膀，却像是想到了什么，突然支起一只胳膊，抬头说道，“那话什么意思？喂，那话指的什么？”

岛村吓了一跳，看着驹子。

“你倒是说啊，你是因为这个才来找我的吗？你笑话我是吧？你果然还是笑话我了。”

驹子的小脸涨得通红，瞪着岛村追问着。因为太过气愤，她肩膀颤抖，脸色惨白，眼泪哗啦啦地往下淌。

“憋气，啊！真憋气。”驹子翻身爬起来，背过身坐在那里。

岛村意识到驹子应该是误会了，他心中一惊，却闭上眼睛，一句话也没说。

“真悲哀。”

驹子像是在自言自语，趴在那里，蜷缩成一团。

过了一会儿，她好像是哭累了，用银簪子哧哧地扎着榻榻米，之后忽然走出了房间。

岛村没有追上去，驹子的话让他心生愧疚。

可是转眼间，驹子就轻手轻脚地走了回来，站在隔扇外高声喊道："喂，要不要去洗澡？"

"啊。"

"对不起啊！我想通了。"

驹子躲在走廊里，似乎不打算进屋，岛村便拿着手巾走了出去。驹子躲开他的目光，走在前面，微低着头，像极了罪行暴露后被带走的犯人。不过等洗过澡身子暖和了以后，她却异常欢实，根本不睡觉。

第二天早上，岛村被一阵谣曲声吵醒。

他静静地听了许久。坐在梳妆台前的驹子转过头来，冲他嫣然一笑。

"是梅花厅的客人，昨晚宴会后还叫我来的。"

"那是谣曲会的集体旅行吧。"

"嗯。"

"下雪了？"

"嗯。"驹子站起身来，"哗啦"一声打开拉窗。

"红叶也都谢了吧。"

隔着窗户，只看见一片灰蒙蒙的天空，鹅毛般的大雪纷纷扬扬飘落下来，周遭静得出奇。岛村还没睡醒，茫然地望着窗外。

谣曲会的人们又开始打鼓。

岛村想起了去年年底的朝雪之镜，便向梳妆台看去，只见镜中映着鹅毛般的大雪，冰冷的雪片显得格外大。驹子敞开衣领，正在擦着脖颈，大雪在她的周围纷纷飘落，如同一条条白线。

驹子的皮肤十分干净，像是刚刚洗过一样。岛村没有想到，这女人居然会因为他的无心之言生出那样的误解，但却也从中流露出一种抵挡不了的悲伤。

远山的红叶日渐浓重，却在初雪过后恢复了鲜艳的色泽。

杉树林覆盖着一层薄雪，每一棵都轮廓清晰，矗立在雪地之间，直指云天。

雪中绩麻，雪中纺布，雪水浣洗，雪上晾晒，从开始绩麻到纺织成布，一切都在雪地中进行。古人曾在书中记载：有雪方有皱布，雪乃皱布之母。

在漫长的积雪期，村里的女人们会从事一项手工活，那就是纺皱布。岛村也曾在估衣铺中寻得这种雪国的麻纺皱布做夏衣。由于接触舞蹈的关系，他还知道些经营能剧戏服的估衣铺，甚至还拜托店家遇到上好的皱布时随时通知他，让他也看看。他喜欢这种皱布，还用它做了单衣。

据说从前每到春天，待到冰雪消融，人们拆下挡雪帘时，皱布就开始上市了。布商们大老远地从东京、大阪或京都赶过来采买皱布，此地还有专供他们住宿的旅馆。姑娘们辛辛苦苦织了半年，都是为了这第一次开市，远近村屯的男女老少聚集于此，演杂耍的、卖东西的……摊铺林立，如同城里过节般热闹。皱布上挂着纸签，上面写着织布姑娘的名字和地址，并按照品相划分出一等品、二等品，而这也成为男人选新娘的标准。

织布的手艺要从小学起，只有年龄在十五六岁到二十四五岁之间的年轻姑娘，才能织出上好的皱布来。年纪一大，织出来的布表面就没有光泽。姑娘们要想成为数一数二的织布能手，必然要刻苦地磨炼技艺。从旧历十月开始绩麻，到第二年二月中旬晾晒结束，在大雪封山的冬季，姑娘们没有其他事情可做，只是专心织布，那织出来的布中自是凝结着姑娘们的满腔挚爱。

在岛村穿的皱布衣服中，有些没准就是江户末期或明治初期的姑娘们织的。

直到现在，岛村仍会把自己的皱布送去“晒雪”。每年都把那不知被谁贴身穿过的旧衣服送去产地晒，确实是件很麻烦的事情，但一想到姑娘们当年在大雪天里认真织布的辛苦，他还是觉得应该把衣服送去织布姑娘生活的地方好好晾晒。白色的麻料晒在厚厚的积雪上，被朝阳染得一片绯红，根本分不清哪儿是雪哪儿是布。单是想到这个场景，夏天的污浊便似已彻底清除，连身体也好像被晾晒过一般，十分舒服。不过晒衣服这种事都是交给东京的估衣铺代办的，至于古时的晾晒方法是否被传承了下来，岛村也无从知晓。

不过晾晒店倒是一直都有。织布女很少在自己的家中晾晒，基本上都会送去晾晒店。白皱布是织完后直接铺在雪上晾晒，彩色皱布则是纺成麻纱后晾在绷架上。据说会从旧历一月一直晾晒到二月，所以有时候大雪覆盖的田地也会被当作晾晒场。

古人曾记载：不管是布还是纱，都要在灰汁里泡上一夜，第二天早上用水清洗几遍，拧干后再晾晒。之后几日反复进行同样的操作。白皱布即将晾晒完成之时，在旭日下映得火红，那景象美轮美奂，真想让南国的人看看。而当皱布晾晒完成时，也就表示雪国的春天即将来临。

皱布的产地距离这个温泉浴场很近，就在河流下游那片山谷逐渐开阔的原野上，从岛村的房间里好像也能看得到。过去开设皱布市场的城镇，如今都已建起了火车站，成了著名的织造中心。

不过，岛村从未在穿皱布的盛夏或织皱布的寒冬来过这个温泉浴场，也就没机会跟驹子谈论皱布。以他的性格，也不会去探寻那些古老民间艺术的遗迹。

可是，当他听到叶子在浴池里唱的那首歌，他忽然想到：假如这姑娘生在古时候，或许她也会摆弄着纺车和织机，像那样唱歌吧？叶子的歌声确实给人那样一种感觉。

据说那些麻丝比头发还细，若没有雪的天然湿气是很难处理的，所以阴冷的季节比较适合织布。按照古人的说法，寒冬腊月里织的麻布，酷暑炎夏里穿在身上，会感觉阵阵清凉，这是阴阳调和的自然之道。就如同经常缠着岛村的驹子，骨子里也会有一份凉薄。也正因为如此，对于驹子所表现出来的热情，岛村总会分外怜惜。

然而，这种爱恋却不会以一种实实在在的形式，哪怕像一块皱布那样保留下来。虽说在工艺品中，穿在身上的布料使用寿命最短，但皱布若是精心打理，穿个五十多年也不会褪色。而人类的依恋羁绊竟比不上皱布长久。岛村呆呆地思考着，恍惚间脑海中居然浮现出了驹子为人妻为人母的样子，他心头一惊，赶紧向四周看了看，心想，或许是自己太累了吧。

他这次逗留了太长的时间，似乎忘了要回到妻子身边。他并不是离不开这个地方，也不是不舍得与驹子分开，只不过等待着驹子一次次地来与自己相见，已然成了一种习惯。而驹子恋他恋得越辛苦，他就越发苛责自己，怀疑自己到底是不是还活着。换言之，岛村看得见自己的孤单空虚，却只是杵在那里，一动也不动。驹子已经闯进他的心里，这让他觉得不可思议。驹子的一切他都懂，可驹子对他却一无所知。驹子撞在一面虚无的墙上，岛村听到了那撞击的回声，感觉似有雪花飘落在心底，越积越深。他不可能永远这样任性下去。

岛村觉得，这次回去以后，恐怕短时间内不会再来这个温泉浴场了。雪季将至，他在火盆边烤火。那京都造的旧铁壶是旅馆老板特意给他拿过来的，壶身上镶嵌着精致的银花银鸟，发出温和的水沸声。那水沸声分为远近两重，在较远的那重水沸声之后，似有微弱的铃声萦绕耳际。岛村将耳朵贴近铁壶，去倾听那铃声，眼前忽然出现驹子的小脚，正迈着如铃般细碎的步子，伴着清扬的铃声从远方款款走来。岛村心下一惊，决意要离开这里。

于是，岛村便想到去皱布的产地看看，也打算借机离开这个温泉浴场。

不过河流下游有好几个城镇，岛村不知道该去哪个。他不想看那些已经发展成织造中心的大城镇，所以在一个看起来有些冷清的小站下了车。走了一会儿，便来到一条大街上，很像是古代的驿站街。

家家户户的房檐都长长地探出来，檐柱成排地立在路上。这种结构类似江户城小“店下”的廊檐，但在雪国自古便被称为“雁木”。积雪较深的时候，便成了一条通道，通道一侧，房屋排列整齐，房檐相连。

由于户户都连在一起，房顶的积雪只得扫落到道路中间。实际上就是从一个大房顶上把雪扫下来，在路上堆出一条雪堤。为了能到雪堤的对面去，隔一段距离就把两侧挖通，形成许多通道。当地人好像管这叫“胎里钻”。

虽然同是雪国，但驹子所在的那个温泉村，房檐并不连在一起，所以岛村来到这个镇子后才第一次见到“雁木”。岛村感到很稀奇，便在里面逛了逛。那陈旧的房檐下一片阴暗，倾斜的柱子根部已经腐烂。岛村感觉自己正在朝着那祖祖辈辈深埋雪下的阴森森的房子内部窥探。

望着这个足够古老的镇子，岛村不由得想道：织布姑娘们在大雪里孜孜不倦地做着手工活，她们的生活并不像她们织出的皱布那般清爽明朗。有关皱布的古书中也曾引用过中国唐朝诗人秦韬玉的诗，诗中便刻画了织妇们的辛劳。据说之所以没有哪家店专门雇个织布女织布，是因为纺织一匹皱布相当耗时耗力，却值不了多少钱，根本不划算。

如此默默无闻、辛勤劳作的织布姑娘早已死去，只留下那美丽的皱布。因为夏日穿着触感清凉，故而成了岛村这类人的奢侈衣物。这本不足为怪，岛村却忽然觉得不可思议，是不是全心全意的爱恋，在某时某刻也会变成对所爱之人的鞭挞呢？岛村从雁木下走出来，来到大道上。

这条街道又直又长，颇具昔日驿站街的风情。古老的街道是从温泉村一直延伸到这里的吧？木板葺的屋顶上压着横木条和铺石，也和温泉村没什么两样。

檐柱投下微弱的影子，不知不觉间夕暮迫近。

没有什么可看的，岛村便再次乘上火车，又在另一个镇子下了车，感觉和上一个镇子差不多。他还是溜溜达达地闲逛，还吃了一碗乌冬面暖身子。

乌冬面馆就在河岸上，这条河大概也是从温泉浴场流过来的。可以看到三五成群的尼姑们先后从桥上走过。她们穿着草鞋，有些人背着斗笠，看样子是刚化缘回来，给人一种鸟儿赶着归巢的感觉。

“这里有很多尼姑经过吧？”岛村向乌冬面馆的女人问道。

“是啊，山里有座尼姑庵，过几天要是下雪，再想从山里出来可就难了。”

桥的另一边，山峦笼罩在暮色中，白蒙蒙的。

在这一带，每到叶落风冷之时，便会连日阴寒，那就是快下雪了。远山近山苍茫一片，被称为“云雾绕山”。有海之处大海咆哮，深山之中山风呼啸，好似远方隐隐传来的雷声，被称为“山呼海啸”。只要看到“云雾绕山”，听到“山呼海啸”，便可知离下雪的日子不远了，岛村想起古书中曾有这样的记载。

岛村赖在被窝里听赏枫客唱谣曲的那天，下了今年的第一场雪。不知今年的群山大海是否也曾吼叫咆哮。岛村独自旅行，在这个温泉村与驹子一次次相会，不知不觉间听觉变得异常灵敏。只是一想到“山呼海啸”，耳际就似有遥远的轰鸣声响起。

“尼姑们就要猫冬了吧？她们大概有多少人？”

“谁知道呢，应该很多吧。”

“一群尼姑聚在一起，一连数月被大雪困在山里头，她们都做些什么呢？过去这一带织的那种皱布，她们要是在尼姑庵里织，不知行不行？”岛村的语气充满好奇。

听了他的话，乌冬面馆的女人只是微微地笑了笑。

岛村在车站等待回程的火车，等了差不多两个钟头。微弱的阳光已经西沉，星光璀璨，空气越发冰冷，他的脚冻得冰凉。

岛村返回温泉浴场，也不知自己出去这一趟到底干了什么。车子穿过熟悉的铁道口，来到镇守村子的杉树林旁，一间亮着灯的房子映入岛村的眼帘，岛村松了一口气。那是小饭馆“菊村”，三四个艺伎正站在门口聊天。

他正想着驹子是不是也在这里，便一眼看到了她。

车速忽然慢了下来。大概司机已经知道他与驹子之间的关系，才在不经意间放慢了速度。

岛村蓦地转过头去，看向与驹子相反的方向，只见他乘坐的那辆汽车在雪地上留下两排清晰的车轮印，在明朗的星空下，竟能看得很远。

车子开到了驹子身前。驹子忽然闭上眼睛，一下子扑到了车上。车子没有停，依旧缓缓地沿坡道上行。驹子站在车门外的踏板上，缩着腰，抓着车门把手。

驹子的动作猛烈而迅速，如同吸附在车上一样，岛村感觉好像有一团温暖而柔软的东西向自己贴了过来，对于驹子的举动，他并没有觉得不自然或者危险。驹子抬起一只胳膊，好像要抱住车窗，衣袖滑落下来，里面长衬衣的颜色隔着厚厚的玻璃窗，映入了岛村冻僵的眼睑。

驹子把额头抵在车窗玻璃上，尖声喊道：“你去哪儿啦？喂，你去哪儿啦？”

“太危险了，你别胡闹。”岛村虽高声答道，却好像是在玩一个甜蜜的游戏。

驹子打开车门，侧身钻进车里。此时车已开到山脚下，停了下来。

“喂，你到底去哪儿了？”

“嗯……”

“去哪儿了？”

“没去哪儿。”

驹子理了理和服下摆，举手投足间艺伎范儿十足，岛村竟看着有些稀奇。

司机坐在那里一动不动。岛村发现车已停在道路的尽头，就这样坐在车里有些奇怪，于是便说道：“下车吧。”

驹子把手搭到岛村的膝盖上。

“哎呀，好凉，居然这么凉啊。你为什么不带我一起去啊？”

“说的也是。”

“什么啊？真是个怪人。”

驹子开心地笑着，爬上陡峭的石阶小路。

“你出门那会儿，我看见了。大概是两三点钟，对吧？”

“嗯。”

“我听到了汽车声，就出来看。我可是出来看的，我说你啊，没往身后看吧？”

“哎？”

“你都没看，为什么就不回头看看呢？”

岛村心里一惊。

“你不知道我是看着你离开的吗？”

“还真不知道。”

“你看你。”驹子依然开心地抿嘴笑着，然后把肩膀靠了过来。

“你为什么不带我一起去呢？越来越冷淡了，真讨厌。”

火警警钟忽然响起。

两人回头一看，立刻喊道：“着火了，着火了！”

“着火了。”

山下村子的正中央蹿起了火苗。

驹子喊了两三声，攥住岛村的手。

滚滚升起的黑烟中，火舌忽隐忽现，仿佛在舔舐周围的房檐，火势不断蔓延。

“那是哪儿？是不是离你原来住的师傅家很近？”

“才不是。”

“那是哪里？”

“再往上，靠近车站。”

大火烧穿屋顶，继续往上蹿。

“你看，是蚕房，是蚕房啊！你看你看，蚕房着火了。”驹子不停地喊着，脸颊紧靠着岛村的肩膀。

“是蚕房，是蚕房啊！”

大火越烧越旺，从高处向下望去，却好似一个玩具在燃烧，广阔的星空下一片宁静。可还是有一种可怕的感觉悄悄袭来，仿佛能听见熊熊燃烧的火苗声。岛村将驹子搂在怀中。

“没什么可怕的。”

“不，不，不！”驹子摇着头哭了起来，脸埋在岛村的手掌中，感觉比平时还要小一些，紧绷的太阳穴在不停地颤抖。

驹子看见着火便哭了起来，至于她为什么哭，岛村并没有多想，只是一直搂着她。

驹子忽然停止了哭泣，仰起脸说道："哎呀，对了，蚕房里放电影呢，就是今晚。里面全是人……"

"那事情可严重啦。"

"会有人受伤的，会烧死人的。"

两人急急忙忙地跑上石阶，上头传来乱哄哄的声音。向上看去，只见地势较高的旅馆里，二三楼的大部分房间都打开了拉窗，人们站在亮堂堂的走廊里望着着火的地方。院子角落里有一排枯萎的菊花，不知是旅馆的灯光还是天上的星光，清晰地映出了它们的轮廓，让人恍然间以为那里映着一片火光。菊花后面也站着人。包括旅馆伙计在内的三四个人，跌跌撞撞地从两人的头顶上跑了下来。驹子扯开嗓子喊道："哎，是蚕房吗？"

"是蚕房。"

"有人受伤吗？有没有人受伤？"

"我听电话里说，正陆续往外救呢，电影胶片一下子就起火了，火烧得太快，你看那儿。"迎面过来的伙计边说边抬起一只胳膊指了指，然后就跑开了。

"听说正从二楼把孩子一个个地往下扔呢。"

"哎呀，怎么办啊？"驹子跑下了石阶，像是在追赶伙计。后下来的人们已经跑到他们前头去了。驹子也跟着跑起来，岛村在后面追。

来到石阶下面，发现大火被房屋挡住，只能看见一些火苗。就在这时，火警警钟响彻四周，人们越发感到不安，加快了脚步。

“雪都结冰了，你小心点儿，滑。”驹子回头嘱咐岛村，就势停下了脚步。

“不过，对了，你就算了吧，你别去，我是担心村里人。”

被她这么一说，岛村觉得还真是这么回事，便一下子泄了劲儿。他看到了脚下的铁轨，发觉他们已经跑到铁道口了。

“银河，好美啊！”驹子轻声说道，仰望着星空，又跑了起来。

“啊！是银河。”岛村也抬头望去，不由得发出感叹。那一瞬间，他感觉自己的身体正一点点地飘向银河。那璀璨的银河近在咫尺，仿佛要将他托起。不知旅人芭蕉[①]在波涛汹涌的大海上所看到的银河是否也是如此绚烂广阔？那一望无际的银河仿若要倾泻下来，用它那赤裸的胸怀环抱黑茫茫的大地，一切都美得惊人。岛村觉得自己小小的身影会从地面倒映入银河。清朗澄澈的银河里，一颗颗星星清晰可辨，夜光云的银色碎屑散落其间，剔透晶莹。银河深不见底，完全吞没了视线。

“喂！喂！”岛村呼喊着驹子，“过来！”

银河低垂在幽暗的山谷，此时的驹子正朝着山的方向跑去。

她跑的时候提着和服下摆，每次挥动手臂，红色下摆便会跟着时隐时现。在星光照耀的雪地上，那红色一目了然。

岛村一溜烟儿地追了上去。

驹子缓下脚步，松开衣摆，抓着岛村的手问道：“你也去吗？”

---

① 松尾芭蕉（1644—1694），日本江户时代前期的一位俳谐师的署名。他一生在旅行中度过，写了许多游记和俳句。

“嗯。”

“真是好事之人。”她重新提起落在雪地上的衣摆，“你快回去吧，不然会被人笑话的。”

“嗯，我到那儿就不往前去了。”

“不好吧？去火场都带着你，让村里人怎么想我啊。”

岛村点点头，停住了脚步，驹子却轻拽着他的袖子，缓缓向前走去。

“你找个什么地方等我吧，我马上回来，在哪儿等好呢？”

“哪儿都行。”

“这样吧，再往前一点儿。”驹子盯着岛村的脸，忽然摇了摇头。

“我受够了！”驹子猛地撞到岛村身上，他不禁打了个趔趄。路旁的薄雪中立着成排的葱。

“太可笑了。”驹子用挑衅的语气连珠炮似的说道，“你说我是个好女人，是吧？你都要走了，为什么还说那样的话，你倒是说啊。”

驹子用发簪哧哧地扎着榻榻米的情景再次浮现在岛村眼前。

“我哭了，回家以后也哭了，我害怕跟你分开。不过你还是早点儿回去吧，你的话把我弄哭了，我不会忘的。”

岛村的话让驹子产生了误解，深深地刺痛了她的心。想到这里，岛村感觉有一种不舍的情绪压抑在心里。就在这时，火场那边忽然传来嘈杂的声音，又有火苗蹿起，火星四溅。

“哎呀，又烧起来了，火苗那么高。”

两人暗自松了口气，继续向前跑去。

驹子跑得很快，木屐从结冰的雪地上飞一样地掠过，两条胳膊不像是前后摆动，倒更像是向两边张开，胸膛似乎憋足了劲儿。岛村没想到她竟如此娇小。微胖的岛村望着驹子的身影，跟着一溜小跑，没一会儿就累得要命。驹子也忽然间气力不继，踉踉跄跄地靠在了岛村身上。

“眼睛冰凉冰凉的，快要淌出眼泪了。”

驹子脸颊发烫，只有眼睛冰凉。岛村的眼睛也湿乎乎的，一眨眼便是满目星河，岛村忍着不让泪水掉下来。

“每晚都能看到这样的银河吗？”

“银河？真美啊！应该不是每晚都有吧！多晴朗啊。”

两人一路跑过来，银河从他们的身后流淌到身前，驹子的脸在银河中映得发亮。

然而，她那纤细挺拔的鼻梁却模糊了轮廓，小巧的嘴唇也失去了颜色。岛村不敢相信，天空中横穿而过的光带竟如此昏暗。星光比新月的夜晚还要暗淡，银河却比任何满月的夜晚都要明亮，大地上没有映出任何影子，驹子的脸仿若一个古老的面具般飘浮在空中，散发出女人的气息，令人不可思议。

抬头望去，银河仿佛又要俯身拥抱大地。

那银河好似巨大的极光，包裹着岛村的身体缓缓流动，让岛村觉得自己正站在地角天边。冰冷凄清，却又明艳得出奇。

“你走以后，我会老老实实过日子。”驹子说完便继续往前走，同时用手扶了扶松散的发髻。走出五六步后，又回过头来。

“怎么了？别这样。”

岛村站着没动。

“不走啦？那你在这等我。我过会儿和你一起回房间。”驹子扬了扬左手，便继续往前跑。她的背影仿佛要被吸进那黑黝黝的山底。银河在山际线上舒展发散，再从那里开始，以一种辉煌宏大的姿态漫向天际，群山越发黑沉沉的。

岛村也继续往前走，没过一会儿，驹子的身影便隐没在街边的房屋中。

他听到了“嗨哟、嗨哟、嗨哟”的号子声，看到有人拖着抽水泵从街上走过。不断有人从后面跑过来，岛村也急忙来到大街上。两人来时走的路与这条大街呈丁字形交叉。

又有一台抽水泵被拖了过来。岛村让开道，之后便跟在后面跑。

那是台老式的手压式木水泵。一队人拖着长长的绳子走在前面，还有很多消防员围在抽水泵周围。那抽水泵小得出奇。

那抽水泵拖过来时，驹子也躲到了路边。她看到了岛村，两人便一块往前跑。站到路边给抽水泵让路的人们好像被抽水泵吸引着，跟在后面追着跑，两人混在跑向火场的人群之中。

“你过来啦？真是好事之人。”

“嗯，这抽水泵不靠谱吧？应该是明治以前的。”

“是啊！小心别摔倒。”

“路真滑。”

“可不是嘛！往后会整夜整夜地刮暴风雪，到时候你再过来看看。不过你大概来不了。等到那时候，野鸡和兔子都会跑进房子里。”驹子的声音混着消防员的号子声和人们的脚步声，听起来明朗欢快，让岛村也顿觉轻松。

已经能听到火烧的声音，眼前有火苗蹿起。驹子紧紧抓住岛村的胳膊肘。街道上低矮的黑屋顶在火光中时隐时现，仿佛是在呼吸。抽水泵的水从脚下流过。岛村和驹子站在人墙后，自然地停住了脚步。烧焦的味道中夹杂着煮蚕茧的臭味。

没来火场之前，到处都能听到人们大声议论，说的内容基本差不多，什么电影胶片着火啦，什么看电影的孩子被一个个地从二楼扔下来啦，什么没有人受伤啦，什么幸好村里的蚕茧和大米现在没放在里面啦之类的。可如今来到火场，面对眼前的大火，所有人都沉默不语，火场里一片寂静。人们好像都在倾听着火烧的声音和抽水泵的声音。

时不时地会有些来晚的村民，四处呼喊着亲人的名字。一旦得到回应，就高兴地欢呼起来。唯有这些人的声音流露出一丝生气。警钟已经不再响了。

岛村怕旁人看见，便悄悄地从驹子身边走开，站到了一群孩子的后面。大火的热浪逼得孩子们往后退。脚下的雪也似乎有些松软了。人墙前面的雪被火和水融化，地面上留下零落的脚印，一片泥泞。

那是蚕房旁的菜地，和岛村他们一起跑来的村民大都站在那片菜地里。

火好像是从安装放映机的入口处着起来的，蚕房的半边屋顶已经烧没了，墙也塌了，不过柱子和房梁的框架还立在那里，冒着烟。屋里只剩木板屋顶、木板墙和地板，空荡荡的，所以并没有冒出太多烟，浇了很多水的屋顶看似也烧不起来了，但火势并没有停止蔓延，还是有火苗从意想不到的地方蹿出来。三台抽水泵慌忙朝着冒火苗的地方浇水，大片的火星儿瞬时蹿起，冒着黑烟。

火星儿散落在银河里，岛村仿佛再一次被托着飘向银河。黑烟飞上银河，银河倾泻而下。没有射中房顶的水柱摇摇晃晃，形成白色的水雾，仿佛也映着银河的光亮。

驹子不知什么时候来到了岛村的身边，握着他的手。岛村转过头来，却什么也没说。驹子一脸严肃地望着火的方向，微微发红的脸上火光摇曳。岛村感觉胸口中有一种强烈的情感喷涌而出。驹子发髻松散，脖子伸长。岛村想把手伸过去，指尖却微微发抖，岛村的手暖了，驹子的手更烫了。不知为什么，岛村感觉离别的日子越来越近了。

入口处又烧了起来，不知道是柱子还是其他什么东西。抽水泵的水直射过去，屋脊和房梁滋啦啦地冒着热气，旋即便塌落下来。

人群发出“啊”的一声惊呼，只见一个女人掉落下来。

蚕房也会兼作戏棚，所以象征性地搭建了二楼观众席。虽说是二楼，但实际上却很低，从楼上落到地面应该只是一瞬间，却仿佛过了很长的时间，以至于可以清楚地看到女人坠落的样子。或许是因为她坠落的方式很奇怪，就像一个木偶，一眼便能看出她已经没了知觉。落到地上也没有发出任何声响。地上浇过水，没有扬起灰尘。她正落在了新蹿起的火苗与余烬爛火之间。

一台抽水泵正斜着喷出弧形的水柱，浇向余烬上的火苗。女人的身体突然出现在水柱前，用那样的方式坠落下来，那身体在空中是水平的。岛村吓了一跳，但一时间并没有感到危险或者恐怖，眼前的一切都仿佛是非现实世界的幻影。僵直的身体坠落空中，变得柔软，但那姿势却犹如木偶一样，没有抵抗，没有生命，自由自在，生与死仿佛都已停摆。岛村心中闪过一丝不安，担心女人水平的身体会不会变成头部朝下，腰和膝盖会不会弯曲。看起来好像很有可能，但最终女人的身体还是水平地落了下来。

“啊！”驹子尖叫着捂上了眼睛，岛村却目不转睛地盯着。

岛村意识到掉落下来的女人是叶子，那他是什么时候意识到的呢？人群的惊呼和驹子的尖叫实际上都发生在同一个瞬间。叶子的小腿在地面上抽搐，似乎也是在那同一个瞬间。

驹子的叫声贯穿了岛村的身体。就在叶子小腿抽搐的那一刻，岛村也跟着一阵抽搐，一种冰凉的感觉直蹿到脚尖儿。他的心脏被一种难以忍受的痛苦和悲伤所击中，狂跳不止。

叶子的抽搐轻微得几乎察觉不到，马上便停止了。

在叶子抽搐之前，岛村一直看着她的脸和那箭羽纹的红衣服。叶子是仰面掉落下来的，一侧的衣摆翻卷到了膝盖以上。她掉落地面以后，也只是小腿抽搐了一下，整个人始终没有知觉。不知道为什么，岛村并没有感觉到死亡，只觉得这是一个转折，是叶子的内在生命发生变形的转折。

叶子掉落的二楼看台上，又有两三根木头倾塌下来，在叶子的脸部上方燃烧起来。叶子那双美丽动人的眼睛紧闭着，下巴扬起，脖颈后仰。火光在她苍白的脸上摇曳。

岛村蓦然想起了几年前他来这个温泉浴场见驹子，在火车上看到叶子脸上映着山野灯火的情景。那一刻，他与驹子一起度过的日日夜夜仿佛也被那火光照亮，其中还夹杂着难以忍受的痛苦和悲伤。

驹子从岛村身旁冲了出去，与她尖叫着捂住眼睛几乎是在同一个瞬间，也就是人群发出“啊”的一声惊呼的那个时候。

被水浇过的灰烬黑乎乎地掉落一地。驹子拖着艺伎和服那长长的下摆，从上面摇摇晃晃地走了过去。她把叶子抱在胸前，想带她回去。她用尽全力，可叶子只是垂着头，没有任何表情，驹子仿佛正抱着她的牺牲品抑或是惩罚。

人们七嘴八舌地大声议论起来，人墙开始溃散，拥上来把她俩团团围住。

“让开啊！你们都给我让开！”

岛村听到了驹子的叫喊声。

“这孩子疯了，她疯了！”

驹子疯狂地叫喊着，岛村想要靠近她，却被那些想要从她怀中抱走叶子的男人们挤得一个踉跄。岛村用力站稳，在他抬起头的那一瞬，仿佛“哗”的一声，银河倒泻入心间。

» 名人

㊀

昭和十五年一月十八日清晨，第二十一世本因坊秀哉名人逝于热海鳞屋旅馆，享年六十七岁。

秀哉名人的忌日是一月十八日，在热海很容易被记忆。《金色夜叉》中贯一在热海的海边说了一句“今月今夜的月亮”，那一天是一月十七日，作为纪念，人们将这一天定为红叶节。红叶节的第二天就是秀哉名人的忌日。

历年来，热海都会在红叶节时举办文学活动，在名人离世的昭和十五年，红叶节的活动规模最为盛大。除了祭奠尾崎红叶以及与热海渊源深厚的高山樗牛和坪内逍遥这三位已故文人外，还向竹田敏彦、大佛次郎和林房雄这三位曾在上年度作品中介绍热海的作家颁发了感谢信。我当时正在热海，故也参加了这次活动。

十七日晚，市长设宴款待宾朋，地点就设在我住宿的聚乐旅馆。十八日凌晨，我被电话叫醒，得知名人辞世。我立刻赶赴鳞屋吊唁名人，然后返回旅馆，吃过早饭后，同前来参加红叶节的作家和热海市的工作人员一起到逍遥墓前祭拜，并献上鲜花。而后绕至梅园，参加在抚松庵举行的宴会，后中途离席，再次前往鳞屋，拍摄了名人最后的遗容照片。不久之后，目送名人的遗体被运回东京。

名人一月十五日抵达热海，十八日溘然长逝，仿若是特意来热海等待死亡。我曾于十六日到名人下榻的旅馆拜访，还和他下了两盘将棋。傍晚时分，在我回去后不久，名人的病情突然恶化。尔后，名人再未能下他钟爱的将棋。我撰写了秀哉名人“引退棋观战记”，做了名人最后一盘将棋的对手，拍摄了名人最后的遗容照片。

我与名人结缘始于《东京日日新闻》选我作名人引退棋的观战记者。作为报社举办的围棋赛，其规模之盛大堪称空前绝后。从六月二十六日在芝公园红叶馆对局开始，到十二月四日在伊东暖香园对局结束，一场棋局持续了差不多半年时间，其间续弈多达十四次。我的“观战记”在报纸上连载了六十四回。不过，因名人在对局中途病倒，从八月中旬到十一月中旬的三个月一直处于休战状态。名人身患重病，让这场棋局显得越发悲壮。或许就是这场棋局耗尽了他最后一丝气力。对局结束后，名人的身体再也没能恢复到从前的状态，一年后就溘然长逝。

准确来说，这场名人引退棋的对局结束时间为昭和十三年十二月四日下午两点四十二分，终局于黑237手。

名人在棋盘上默默地走出一步单官，见证人小野田六段即刻说道：“是五目吗？”

语气恭敬谦逊。他知道名人以五目惜败，这么问应该是替名人着想，希望名人可以省些气力，不要再整地了。

“嗯，是五目……”名人轻声说道，之后抬起微肿的眼皮，不再试图继续摆棋。

工作人员挤在对局室里，谁都不知该说些什么。似乎为了缓和这凝重的气氛，名人平静地说道：“要是我没住院的话，这盘棋早在八月份箱根对局时就结束了。”

然后，名人询问了自己的比赛用时。

“白棋十九小时零五十七分钟……差三分钟，刚好一半。”负责记录的少女棋手答道。

“黑棋三十四小时零十九分钟……”

高段棋手下一盘棋的规定时间一般在十个小时左右，只有这盘棋的时限是四十个小时，大约延长了四倍。可即便如此，黑棋三十四小时零十九分钟也实属耗时太长。自从围棋采用计时制以来，这盘棋可谓是空前绝后。

对局结束时刚好快三点了，旅馆的女服务员端来了点心。大家依旧默默无语，眼睛望向棋盘。

“怎么样？用一些黏糕小豆汤吧？”名人跟对手大竹七段说道。

终局以后，年轻的七段向名人深鞠一躬，口中说道：“谢谢先生。”之后便深深低着头，双手端放在膝盖上，面色苍白，一动不动。

名人拂乱棋盘上的棋子，七段也将黑棋捡进棋盒中。名人作为对局者没有发表任何感言，泰然自若地起身离开，一如往常。七段自然也没有吐露任何感想。倘若这场棋局是七段落败，或许他会说些什么吧。

我也回到自己的房间，无意中向外看去，却发现这一转眼的工夫，大竹七段已经麻利地换上棉袍，走到院中，一个人在对面的长凳上坐下来。他紧紧地抱着胳膊，低着头，面色苍白，在冬日阴沉的黄昏时分，在冰冷宽敞的庭院里，一副陷入沉思的样子。

我打开外廊的玻璃窗，招呼道："大竹先生，大竹先生。"

他只是生气似的稍稍回了下头。我想他大概是在流眼泪吧。

我移开目光，退回到房间，刚好看到名人夫人过来打招呼。

"这么长时间，承蒙您的关照……"

我同夫人说了几句话，再往庭院看去，已然不见大竹七段的身影。这一次他同样动作麻利，郑重地换上带家徽的和服，偕同夫人到名人以及工作人员的房间致谢。同样也来到我的房间。

我亦前往名人的房间致谢。

这盘下了半年的棋终于分出了胜负。第二天，工作人员纷纷匆匆离去。当天正好是伊东线试运行的前一大。

正值年末岁初的温泉旺季，为庆祝电车开通，伊东市的大街小巷全都装饰一新，一片繁荣。这段时间，我和那些被封闭的棋手们一起，一直在旅馆房间中闭门不出，所以当我乘上返程的巴士，看到张灯结彩的街道时，竟然生出一种从洞穴中逃脱出来的感觉。新车站的附近是一片新开辟的居民区，宽阔的泥黄色土路和仓促建造的尚未完工的房屋，看上去凌乱不堪，可在我眼中却充满了生机勃勃的生活气息。

巴士驶离伊东的街道，在海滨路上，遇到一群背着柴火的女人。她们手里拿着里白，还有人用里白捆着柴火。我忽然觉得特别亲切。那种感觉就好像翻山越岭后看到了乡村里的袅袅炊烟。人们为迎接新年忙碌地准备着，这种日常生活的老传统让我倍感怀念。我仿佛是从另一个不正常的世界中逃回来的。女人们应该是刚拾完柴火，正要赶回家做饭吧。大海中闪着微弱的光，看不到太阳的踪影，夜幕即将降临，一派冬日景象。

在巴士上，名人的形象仍会浮现在我的脑海。或许对老名人的感情已经深刻于心，才令我对他生出了一种亲近感吧。

工作人员无一例外，全部先行离开，只有名人夫妇还留在伊东的旅馆里。

“不败的名人”在人生最后一场对弈中惜败，他应该最不愿意留在那个对局的地方，即便是抱病比赛后累了需要休息，也应该尽快换个地方才好。然而名人似乎对这些事情毫不在意。就连工作人员和观战的我都不想多停留，逃也似的离开，唯独落败的名人依然留在那里。随别人怎么觉得他阴郁无趣，他自己依然一副浑然不知的表情，和平时一样坐在那里发呆。

名人的对手大竹七段早就回去了。他与无儿无女的名人不同，有热热闹闹的一大家人。

应该是在这场棋局的两三年以后，大竹七段夫人给我寄来一封信，信中提到家里已有十六口人了。于是我便很想去七段家拜访一下，希望通过这个十六口人的大家庭，了解七段的性格以及生活做派。后来，七段的父亲过世，十六口变成了十五口，我曾前往吊唁。说是吊唁，却是办完葬礼的一个月以后才去的。虽然我头一次登门拜访，七段当时也不在家，但夫人热情地接待了我，把我让进了客厅。夫人与我寒暄了几句后，便走到门口，不知跟谁说了句："快，把大伙儿都叫来。"随后便是一阵啪嗒啪嗒的脚步声，四五个少年走进客厅，排成一排，立正站好。这些少年的年龄从十一二岁到二十岁左右，好像都是内弟子，其中还有一个两颊红润、胖乎乎的高个子少女。

夫人把我介绍给大家，然后说了声"跟先生问好"。弟子们立刻鞠躬行礼。我感受到这是一个温暖的大家庭。在这个家庭里，这种礼节毫不刻意，颇为自然。少年们行完礼便离开了客厅，我听到他们在这栋宽敞的房子里奔跑嬉闹的声音。之后我听从夫人的建议，去二楼与内弟子下了一盘棋。其间，夫人不断地为我端来吃食。我在这个家里待了很久。

所说的一家十六口，是将这些内弟子算在内的。在年轻棋手中，能有四五个内弟子的也只有大竹七段一人，他应该有着很高的声望和很好的收入，另外，也足见人们都知道他是一个疼爱子女、体贴家眷之人。

那段时间，作为名人引退棋的对手，大竹七段整天待在旅馆里。每到对局的日子，傍晚时分对局暂停后，他总是一回到房间就立刻给夫人打电话。

“今天和先生下到了第（几）手。”

只言片语，绝不会不小心泄露过多信息，让旁人捉摸到棋局的形势。每每听到七段在房间里打电话的声音，我不禁对他好感倍增。

在芝红叶馆的开局仪式上，黑棋白棋只是各下1手，第二天也只下到第12手。之后决定将对局场地转移到箱根。名人、大竹七段以及工作人员结伴出发，前往堂岛对星馆。抵达当天没有对局，对局者之间也没发生任何纠纷。名人在晚饭时喝了不到一瓶酒，心情不错，说到兴头上禁不住手舞足蹈。

他们觉得刚刚经过的大厅里摆放的大桌子像是津轻漆的，并以此为由头，谈论起了漆器。

名人说道：“忘了什么时候，我曾见过一个漆质棋盘。不是涂的漆，而是由里到外全部由漆凝固而成的。据说那是青森的漆器工匠作为消遣制作的，却足足用了二十五年。应该是每次都要等漆干了之后才能继续往上涂，所以才花了那么长时间。棋子盒和收纳箱也都是漆质的。工匠曾将它们拿到博览会上，标价五千日元，却没卖出去，所以他希望日本棋院帮个忙，花三千日元买下来，就把那家伙搬来了棋院。反正就是特别沉，比我还沉，足有近五十公斤。”

然后，他又看着大竹七段，说道：“大竹先生，你又胖了吧。”

“六十公斤……”

“哦？刚好是我的两倍。虽然年龄还不到我的一半……”

“我已经三十岁了，先生。真不想过得这么快啊，三十岁……去先生家学习的时候，我还很瘦呢。”

大竹七段回忆起了少年时光。

“寄居在先生家时，有一次我生病了，多亏有师母细心照顾。”

之后，他们说起大竹七段夫人娘家的信州温泉浴场，从而又谈到了各自的家庭。大竹七段二十三岁结婚，当时还是五段，如今已经有三个孩子和三个内弟子，拥有一个十六口人的大家庭。

七段说他六岁的长女边看边学，现在已经会下围棋了。

“前段时间我跟她下了一局，让了她九个子，还记录了棋谱呢。”

“哦？让九个子？那是挺厉害。”名人也说了句。

“老二今年四岁，也知道打吃了。有没有天赋现在还看不出来，要是有发展的话……”

在座的人都不知该如何答话。

大竹七段作为棋坛的头号人物，陪自己六岁和四岁的女儿下棋，并且似乎很认真地考虑过：倘若女儿们有天赋，就希望她们和自己一样，成为一名棋手。虽然人都说围棋的天赋会在十岁左右显露出来，如果那个时候不学习的话，就无法成材，但大竹七段的话在我听来，却有一种异样的感觉。他沉迷于围棋，依然未觉厌倦，或许是因为他还年轻，才三十岁的缘故吧，想必他的家庭也是非常幸福。

这时，名人谈起了他在世田谷的家，据说总占地二百六十坪[1]，建筑面积八十坪，院子比较小，所以他想把那里卖掉，搬到一个院子稍微宽敞点儿的地方。他没法谈论家人，因为他家只有他和身旁的夫人，现在也没有内弟子。

五

名人从圣路加医院出院后，休战三个月的棋又在伊东的暖香园重新开棋。续弈第一天，从黑101手到105手，仅下了5手，之后便发生了纠纷，下一次续弈的时间也迟迟定不下来。大竹七段不同意以名人患病为由改变对局条件，坚持放弃这场棋局。这回的纠纷比箱根那回更难解决。

对局者和工作人员都憋在旅馆里，周遭弥漫着沉闷压抑的空气。为此名人曾到川奈散心。不爱出门的名人主动要求外出，这于他实属少见。名人的弟子村岛五段、负责记录的少女棋手和我陪名人一同前往。

然而到了川奈的观光酒店后，却只能坐在大厅新潮的椅子上喝茶休息，根本不适合名人。

大厅四周全是圆弧形的玻璃，从本馆向庭院探出，看起来像个瞭望室或者日光室。宽阔的庭院铺满草坪，能看到左右两侧各有一个高

① 1坪约等于3.3平方米。

尔夫球场，分别是富士球场和大岛球场。庭院和高尔夫球场的前方就是大海。

川奈的景色开朗明丽，宽广舒展，我一直都非常喜欢，所以很想让闷闷不乐的名人也看一看，于是我上前打探名人的状态。名人一直在那里发呆，不似在欣赏风景，也没有看周围的客人。他面无表情，对于风景或酒店未做任何评价，一言不发。和往常一样，夫人出面缓和气氛，对景色大加赞赏，并询问名人是否有同感，名人既没点头也没反对。

我很想让名人享受一下外面明媚的阳光，于是邀请他去庭院。

“去吧，外面很暖和，没事儿，你一定会觉得轻松些的。”夫人替我催着名人，名人也并没有那么不情愿。

深秋初冬的天气里，依稀能看到大岛。老鹰在不太暖和的海面上飞翔。庭院里的草坪边上挺立着成排的松树，给大海镶上了一道绿边。在草坪和大海之间，稀稀落落的有几组新婚旅行的小夫妻。可能是因在身处开阔明朗的风景之中，他们并未表现出新婚旅行的拘谨，新娘子的和服浮现在大海和松树之间,远远望去，越发洋溢着幸福的新鲜感。来这里的都是富裕人家的新婚夫妇，让我又嫉又羡。

“那些人都是新婚旅行的吧？”我向名人说道。

“应该挺无聊的。”名人嘀咕了一句。

后来，我还曾忆起名人面无表情地小声嘀咕的样子。

我很想在草坪上走走或者坐一会儿，但名人始终站在一个地方不动，我也只能站在他身边。

在回去的途中，我们驾车绕到一处碧湖。没想到这小小的湖竟这般秀美，在晚秋的午后越发显得幽寂，名人也下车欣赏了一会儿。

川奈酒店着实惬意舒适，于是我在次日清晨邀请大竹七段一同前往。我也是一片苦心，希望七段能解开心中的疙瘩，别再那么顽固执拗。日本棋院的八幡干事和《东京日日新闻》的砂田记者也应邀同行。中午我们在酒店庭院乡村风格的建筑里吃了寿喜烧，之后一直游玩到傍晚。我对这里比较熟悉，之前舞蹈家们和大仓喜七郎曾在川奈酒店招待过我，我自己也曾来过，可以给他们当向导。

从川奈回到暖春园后，关于这盘棋的纠纷仍在继续，我区区一个旁观者，最后也在本因坊秀哉名人与大竹七段之间做起了调停人。不管怎么说，这盘棋终于在十一月二十五日得以继续。

工作人员在名人身旁放了一个桐木大火盆，又在他身后放了一个长火盆。水壶中冒着腾腾热气。七段请名人随意，名人系着围巾，裹着件毛线里毛毯面的防寒服，看上去很像和服外褂。即使是在自己的房间里，名人也是这身装扮，据说那天他发了低烧。

“先生的正常体温是……”大竹七段面朝棋盘，向名人问道。

“35.7度到35.9度之间吧，不到36度。”名人小声答道，像是在琢磨什么事情。

还有一次，在被问到身高时，名人曾回答说：“征兵体检那时候是四尺九寸九，之后又长了三分，变成五尺二分。上了年纪后身高就开始缩，现在正好是五尺。”

在箱根对局期间，名人身体抱恙，给他诊察的医生曾说：“他的身体就像一个发育不良的孩子，腿肚子上几乎没有肉，以他这种状况，恐怕连挪动自己身体的力气都没有。服药也不能按成年人的剂量，只能按十三四岁孩子的剂量，否则……”

坐在棋盘前的名人看起来尤为高大，全是因为他的棋艺、地位以及修为。他身高五尺，上身相对较长。脸也很长，耳口鼻等五官都很大，下颚前突得厉害。这些特点在我拍摄的遗容照片上也体现得很明显。

在照片冲洗出来之前，我心里一直非常忐忑，不知名人的遗容照片拍得怎么样。一直以来，我都会把照片的显像、冲洗等工作委托给九段的“野野宫照相馆”。当我把底片交到野野宫手中时，特意告诉他那是名人的遗容照片，嘱咐务必要格外精心。

红叶节过后，我先回了趟家，之后再次前往热海。我交代妻子等野野宫把遗容照片送到镰仓家里后，就立刻寄到聚乐旅馆，我还严肃地叮嘱她绝不能看照片，也不能给别人看。因为在拍照方面我是个外行，若是我拍的名人遗容很丑，或者很凄惨，一旦让人看见后传扬出去，会玷辱了名人。若照片拍得不好，我就打算直接烧掉，不给名人夫人和弟子们看。我的照相机快门坏了，所以很可能没拍好。

那天我同参加红叶节的人一起在梅园抚松庵吃午饭，正要吃火鸡寿喜烧时，妻子打来电话，告诉我说名人的遗属希望由我来拍摄名人的遗容照片。那天早晨我曾去瞻仰名人的遗容，回来后冒出一个想法，于是便让之后前往吊唁的妻子给名人的遗属带个话，告诉他们如果想拓下遗容面具或拍摄遗容照片，我非常愿意效劳。名人夫人说他们不想拓遗容面具，但想请我拍摄遗容照片。

然而，拍摄遗容照片毕竟责任重大，真让我拍时，我又没了信心。并且我的照相机有点儿毛病，快门常常卡住，很可能会搞砸。幸好当时有位东京的摄影师为了拍摄红叶节出差来到这里，也住在抚松庵里，我便拜托他拍摄名人的遗容照片。摄影师很高兴地答应了我的请求。我突然把与名人素不相识的摄影师带过去，名人夫人或许会不太愿意，但却总好过由我来拍摄遗容照片。然而红叶节的工作人员却有些怨言，说这摄影师是专程来拍红叶节的，若跑去做别的事，会让他们很为难，这话也不无道理。从今天早上开始，为名人离世而感怀的只有我自己，在参加红叶节的一众人中，情绪低落的我显得格格不入。我请摄影师帮我看看快门出了什么毛病，摄影师一番查看后告诉我：只要先打开快门，用手掌遮挡代替快门就可以了，他还帮我安上了新胶卷。之后我便乘车前往鳞屋旅馆。

安放名人遗体的房间防雨窗紧闭，点着电灯。名人夫人和她弟弟跟我一起走了进去。

“很黑吧，要不要把窗户打开？”她弟弟说道。

我差不多拍了十张照片，边按快门边暗中祈祷它不要卡住。我还按摄影师教的那样，用手掌遮挡代替快门，试着拍了几张。我也很想变换不同的拍摄方向和角度，但由于心怀崇敬，不好在遗体周围随意走动，故而只能始终坐在一个地方。

我收到了从镰仓家里寄来的照片，妻子在“野野宫照相馆”的袋子背面写道：

“野野宫刚刚送过来，我没看里面的东西，他说四日五点撒豆节时，请你去神社事务管理所。”

鹤冈八幡宫的撒豆节，由镰仓的文士负责撒豆驱邪，眼看也快到时候了。

我把照片拿出来一看，立刻被那遗容所吸引。照片拍得很好，照片中的名人好像睡着了一样，同时又散发出死亡的宁静气息。

拍摄照片时，名人处于仰卧状态，我坐在他腹部侧方，这个拍摄的角度会让侧脸看起来稍稍倾斜上扬，而由于遗体不枕枕头，脸部略微扬起，使得名人突出的颚骨和微张的阔嘴更加明显。挺拔的鼻子看起来很大，甚至有些吓人。紧闭的双眼布满皱纹，额头阴影浓重，散发出浓浓的哀伤。

光从半开的窗户照进来，落在名人的衣摆上，天花板上的电灯照在他脸部以下的地方，头部微微后仰，在额头处形成暗影。光线落在他的下巴、脸颊以及从凹陷的眉头眼睑向鼻根隆起的地方。仔细看会发现，他的下唇有暗影，上唇有光照，上下唇之间的嘴巴里暗影浓重，只有一颗上齿闪着亮光，嘴边的胡子短短的，中间夹杂着白毛。照片中还能看到另一侧的右脸颊上两颗大大的黑痣所形成的暗影，太阳穴与额头之间凸起的血管也被拍了下来，灰暗的额头上还能看到横纹，一缕光线照在额头上方短平的头发上。名人的头发很硬挺。

七

能看到两颗大黑痣的是右脸颊，右边的眉毛看起来很长，眉梢在眼睑上方画出一道弧线，延伸到闭合的上下眼皮之间。我不知照片中的眉毛怎么会这么长，而长长的眉毛和大大的黑痣似乎又为遗容平添了几许情感。

然而，这长长的眉毛却让我不禁伤心。在名人离世的前两天，也就是一月十六日，我和妻子曾前往鳞屋旅馆拜访名人。

“对了对了，有件事本想一见面就马上跟您说的。老公，眉毛的事……”夫人看向名人，似乎是想让名人来说，不过后来还是转回来，直接对我说道：“我记得那天是十二号，天气挺暖和。因为要去热海，我先生就想剃剃胡子，收拾得干净利落些，于是我们就叫来了相熟的理发师傅。当时正在有光照的走廊里刮脸，我先生好像忽然想起了什么，对理发师傅说：‘师傅，我左边是不是有一根特别长的眉毛？师傅，据说这种长眉毛是长寿之相，你可得小心点儿，千万不要剃掉啊。’理发师傅应了一声，停下手上的动作，接着道：‘有的，有的，您说的是这根吧，这是福气眉啊。知道了，我会小心的。’然后我先生又朝着我说道：‘你瞧，浦上先生在报纸的观战记中写的不就是这根眉毛嘛，一根长眉毛都能看到，浦上先生真是观察入微，我自己一点儿都没注意到。’话里话外对您非常钦佩呢。”

名人照例一言不发，脸上掠过一抹阴影，我感觉有些不好意思。

然而让人没想到的是，在我们刚刚谈论完名人让理发师傅不要剃掉代表长寿之相的长眉毛这件事的两天后，名人就去世了。

发现老人有一根特别长的眉毛并把它写出来，这样做是很无聊，可当时那种场面实在太过悲伤，哪怕只是一根长眉毛也能让我感到慰藉。关于箱根奈良屋旅馆里的那场对局，我在观战记中是这样写的：

> 本因坊夫人一直陪着老名人住在旅馆中。大竹夫人得照顾三个孩子，最大的才六岁，因此要往返于平塚和箱根之间。两位夫人如此操劳，让旁观者都不由得心疼。八月十日，名人生病后的第二次续弈，两位夫人都面色苍白，瘦得脱了相。

之前对局时，名人夫人从未陪在名人身边，唯独这一天，她由始至终都待在隔壁的房间里，一心守着名人。她不是在欣赏对局，她的目光从始至终都落在生病的丈夫身上。

另一边，大竹夫人是绝不会在对局室露面的，她在走廊上走来走去，似乎有些坐立难安，或许是因为太过焦虑，她走进工作人员的房间。

“大竹还在思考吗？”

“是，看样子局面很艰难。”

“虽说同样都是思考，可若是昨晚睡觉了的话，现在应该会轻松些吧……”

大竹七段一直非常懊恼，不知道同病中的名人继续对局到底是对还是错，他从昨天开始一直没睡，今早就直接参加对局了。约定的对局暂停时间是十二点半，当时正轮到黑棋下，可现在眼看就一点半了，封盘的一手却还没决定下来，根本顾不上吃午饭。夫人自然无法冷静地在房间里等待，她也是一夜未曾合眼。

当时唯有一个人无忧无虑，那便是大竹二世。这个刚出生八个月的婴孩实在了不起。我甚至想，若有人想打探大竹七段的精神状态，只消给他看看这个婴孩便可。他棒极了，简直就是七段勇敢精神的象征。那一天，我看到任何一个成年人都觉得很难受，只有这个婴孩桃太郎给我带来了一丝慰藉。

同样是在那一天，我在本因坊名人的眉间发现了一根一寸长的白眉毛。名人眼皮肿胀，脸上青筋暴起，只有这根长眉能让人感到些许宽慰。

对局室里笼罩着紧张阴郁的气氛。我站在走廊里，不经意地望向炎炎烈日下的庭院，看到一个穿着时尚的小姐正在专心致志地给鱼喂麦麸。我仿佛是看到了什么奇怪的东西，有一种恍如隔世的感觉。

名人夫人和大竹夫人都是面色苍白，皮肤干燥粗糙。对局开始后，名人夫人和往常一样离开了房间，但又马上折返回来，一直待在隔壁的房间里守望着名人。小野田六段闭着眼睛低着头，观战的村松梢风同样心有戚戚。就连大竹七段也是沉默不语，无法正视对手名人。

白90手启封。名人不时地左右歪歪脑袋，之后走出92手形成扭断。经过一小时零九分钟的长考，白94落子……名人时而闭目凝神，时而左右看看，时而低下头，好像在强忍着恶心，看上去非常痛苦，失去了往日的神采。或许是逆光的缘故，名人的脸部轮廓松弛模糊，好像幽灵一般。对局室里的那种安静也不同往常，95、96、97……棋子陆续落在棋盘上的声音仿佛响彻空谷。

关于白98手，名人又思考了半个多小时。他微微张开嘴巴，眨着眼睛，扇着扇子，仿佛是要扇起灵魂深处的那团火。到了这种程度，这盘棋难道还必须下下去吗？

这时，走进对局室的安永四段在门槛前双手伏地，心诚意挚地施了一礼，这是虔诚的礼拜。两位棋手都没有注意，每次名人和七段看向这边时，安永总是谦恭地低下头。除了如此礼拜以外，他找不到其他的方式表达自己的情绪。这场对局简直是令鬼神同泣。

白98落子后不久，负责记录的少女便报时十二点二十九分。封盘时间是十二点半。

“先生，您要是累了，就请去那边休息吧……”小野田六段对名人说道。

刚从洗手间回来的大竹七段也随声附和道：“您休息休息，请随意……我一个人思考，然后封盘，绝不会找人商量。”

对局室里头一次响起笑声。

这是对名人的体恤，不忍让他在棋盘前继续久坐。之后只剩下大竹七段的第99手封盘，名人并不是非在场不可。是起身离开，还是继续坐在这里等待，名人歪着头沉思了一会儿后说道：“再等一会儿吧……”

然而没过一会儿，名人就起身去了洗手间，之后又到隔壁房间跟村松梢风等人说笑起来。离开棋盘以后，名人的精神明显好了很多。

大竹七段独自留在对局室里，凝视着棋盘右下角的白棋的模样，思考了一小时零十三分钟，于下午一点多完成封盘，黑99，中腹刺。

那天早晨，工作人员曾去名人的房间，询问他当天的对局是安排在别馆好，还是安排在本馆二楼好。

“我已经走不动了，连庭院都去不了，所以希望安排在本馆，不过之前大竹先生曾说本馆的瀑布声太吵，你们去问大竹先生吧，大竹先生说哪儿好就在哪儿吧。”

名人如此回答。

我在“观战记”中提到的眉毛，是名人左眉上的一根白毛。可在遗容照片上，右边的眉毛看上去却都很长。也不可能是名人去世后一下子长长的吧。难道名人的眉毛原本就这么长吗？毫无疑问，照片夸大了右边眉毛的长度。

我曾经十分担心照片拍不好，现在看来似乎是我多虑了。德国康泰时照相机配索纳1.5镜头，即便我不懂拍摄技巧，技术不行，镜头依旧能发挥其自身的作用。镜头不会管你拍的是死是生，是人是物。它没有伤感，也没有崇拜。或许只能说是我在使用方法上没有犯太大的错误，所以拍出来的照片达到了索纳1.5镜头应有的水准。遗容照片能拍得如此生动柔和，或许都是镜头的功劳吧。

然而，照片中流露出来的情感深深地打动了我，这种情感应该就来自名人的遗容。虽然遗容上确有情感流露，但逝者却早已没有任何感情。想到这里，这张照片在我眼中既非生亦非死，照片中的名人只是在熟睡。而换个角度，即使把它作为遗容照片来看，我也能从中感受到一种既非生亦非死的存在。或许是因为照片中的面容栩栩如生，或许是因为这张面容让我回想起名人生前的种种，又或许是因为这并不是真实的遗容，只是照片而已。说来也是玄妙，比起真实的遗容，照片中的遗容看起来明显要更加细腻。在我看来，这张照片也象征着某些不可触碰的秘密。

后来，我还是会为自己拍摄遗容照片这种轻率之举感到懊悔，我不应该留下遗容照片。然而，这张照片会让我回想起名人不平凡的一生，这也是事实。

名人绝非美男子，亦非高贵之相，反倒是一副粗鄙的穷苦相。五官的哪个部分都不好看，就说耳朵吧，耳垂好像被压扁了一样，嘴很大，眼睛却不大。然而经年锤炼棋艺，让端坐在棋盘前的名人显得伟岸肃穆，遗容照片中也散发出灵魂的芬芳。名人好像在熟睡，眼睛闭合呈一条线，里面藏着浓浓的哀伤。

我将目光从遗容转移到他的胸前，发现整具遗体就像是一个木偶头被插进了龟甲纹和服里。这件大岛产的飞白花纹和服是名人去世后被换上去的，所以不太合身，肩膀处鼓囊囊的。可即便如此，我还是觉得名人的遗体好像只到胸部，却没有腰腿。记得在箱根时医生曾评价名人的腰腿说“以他这种状况，恐怕连挪动自己身体的力气都没有”。名人的遗体从鳞屋旅馆被搬上汽车时，也好像脖子往下没有躯干一样。作为观战记者，我最先看到的便是名人坐着时那小而单薄的膝盖。遗容照片中也只有脸部最清晰，好像只有一个头颅躺在那里，让人感到害怕。照片给人一种不现实的感觉，或许是因为镜头背后的那张脸来自一个曾因醉心棋艺而在现实生活中失去良多，最后又以悲剧收场的人吧。或许我是将一张命定殉难之人的脸保存在了照片之中。如同秀哉名人的棋艺终结于这盘引退棋一样，他的生命也宣告终止。

九

举办开棋式这种仪式，在围棋史上没有先例，这场引退棋可谓是首开先河。黑白双方都只下了1手，之后便是庆贺宴会。

昭和十三年六月二十六日，连绵不断的梅雨终于停歇，放晴的天空中浮云淡薄。芝公园红叶馆的庭院里，经过雨水洗礼的绿植焕然一新，稀稀疏疏的竹叶在烈日照耀下闪着亮光。

本因坊秀哉名人及其挑战者大竹七段坐在一楼大厅的壁龛前，名人左边是将棋的关根十三世名人、木村名人以及连珠棋的高木名人，四位名人排成一排。将棋名人和连珠棋名人要观战围棋名人的对弈。几位名人都是应报社之邀相聚于此的。作为观战记者的我坐在高木名人旁边。而举办这场棋赛的报社的主笔和主编、日本棋院的理事和监事、三位围棋七段长老、这场棋局的见证人小野田六段以及本因坊门下的棋手们则坐在大竹七段的右边。

等到身穿带家徽和服的一行人正襟危坐、准备停当以后，报社主笔便开始进行开棋式致辞。当棋盘被摆到大厅中央之时，所有人都屏住了呼吸。名人的右肩轻轻下垂，这是他的习惯，他每次面向棋盘时都会这样。他的膝盖小而单薄，扇子看起来却非常大。大竹七段闭着眼睛，前后左右地摇晃着脑袋。

名人站起身来，他手里握着扇子，好像古代武士携带短刀般自然。他坐到棋盘前，将左手插进和服裙裤里，轻轻握住右手，抬头望向正前方。大竹七段也在棋盘前落座，向名人施完一礼后，从棋盘上拿起棋子盒，放到身体的右侧，然后再施一礼，便闭上眼睛，安坐如山。

“开始吧。”名人催促道。虽然声音很小，语气却很强烈。就差直接说“你在干什么”啦。或许是看不惯七段的故作姿态，又或者这是他激昂战意的一种表现。七段微微睁开眼睛，却又再次闭上，想必是在闭目镇魂，诵读着什么吧。因为后来转战伊东旅馆后，大竹七段也曾在对局当天的早上诵读《法华经》。片刻后，落子声响起，时间为上午十一点四十分。

大竹七段会选择新布局还是旧布局？是星还是小目？是新阵法还是旧阵法？世人的目光聚焦于此。最终，黑1手落子右上角的“17·四”，是旧布局的小目。这黑1手小目，让这场棋局的一大疑团随之解开。

黑1落子小目后，名人将手放在膝盖上，十指交叉，目不转睛地看着棋盘。很多报社的人在拍摄照片或者新闻纪录片，灯光有些刺眼。名人嘴巴紧闭，双唇向前突出，仿佛在他眼里周围的人全都消失了一样。观战名人对局，对我来说这是第三局。每当名人坐到棋盘边时，我就感觉空气中荡漾着淡淡的芬芳，四周都变得凉爽而澄净。

五分钟后，名人似乎忘了要封盘，摆出要落子的架势。

“封盘已定。”大竹七段替名人说道。

“先生，总不下棋，难免会不在状态吧。”

经日本棋院干事的指引，名人独自退至隔壁房间，关好中间隔扇，在棋谱上写下了第2手，并将棋谱装进了信封。若是被封盘之人以外的第二个人看到，便不是封盘了。

名人很快便回到棋盘前，说道：“没有水啊。”然后用两根手指蘸了点儿唾液，封上信封，并在封口处签了名字，七段也在下边的封口处签了名字。工作人员将这个信封装进一个大信封，同时封口签名，之后便存放进红叶馆的保险柜里。

当天的开棋式就此结束。

木村伊兵卫提出要拍照，用以向海外介绍这场棋局，故而让两位棋手摆出对弈的姿势。拍摄结束后，在座的人都稍稍放松下来，七段长老们也聚拢到棋盘边，欣赏这个棋盘。大家对于白子的厚度说法不一，有人说白子是三分六厘，有人说八厘，还有人说九厘。

这时，将棋的木村名人插言道：“这是最好的棋子吗？让我摸摸看。”说罢抓了把棋子放在掌心仔细查看。若是能在这样的对局中被使用，哪怕只是下过1手，也是给棋盘镀了层金，所以人们都乐得将自己引以为豪的棋盘送过来，送多少都愿意。

休息了一会儿之后，庆贺宴会正式开始。

列席这次开棋式的三位名人中，将棋的木村名人三十四岁，关根十三世名人七十一岁，连珠的高木名人五十一岁。都是虚岁。

十

本因坊名人生于明治七年，几天前刚刚迎来六十五岁寿辰，因正值中日战争，故而只是在家里简单庆祝了一下。第二日续弈之前，名人在谈及红叶馆的建成时间时说道："也不知它和我的生日哪个在前。"之后又说起了明治时期村濑秀甫八段和本因坊秀荣名人也曾在这里对弈的事儿。

第二天的对局室设在充满明治时代古风的二楼，那里从隔扇到格窗全部有红叶装饰，围放在角落里的金色屏风上也绘制着高贵典雅的红叶，尽显光琳派风格。壁龛里插着八角金盘和大丽花，十八叠[1]的房间与旁边十五叠的房间已全部打通，使得大朵的花卉看起来也并不扎眼。大丽花有些枯萎。除了一个扎着蝴蝶发髻、头插花簪的少女不时进来续茶外，再无其他人出入。盛有冰水的黑漆盆中映出名人的白扇子，动静相宜。观战者仅我一人。

大竹七段内穿黑色纺绸单衣，外套带家徽的罗织和服外挂。名人今日则略显随意，只是穿着带刺绣家徽的外褂。棋盘也与昨日不同。

昨天黑白双方各下1手后便是庆贺仪式，可以说从今天开始才是真刀真枪的对弈。大竹七段似是要扇扇子，却又马上将双手背于身后，一只手握住另一只手。之后又将扇子立于膝头，手肘撑在扇子上，手托腮，思考着黑3手。此时，名人的呼吸越发急促，他抬起肩膀大口喘气，但节律规整，丝毫不乱。我仿佛看到某种猛烈的情绪在他心中

① 叠：日本房间的计量单位,一叠等于1.62平方米。

翻涌而起，又感觉似有什么东西附在了他身上。名人自己好像并未察觉，这让我心中更觉压抑。不过只过了一小会儿，名人的呼吸便自然地平静了下来，不觉间已恢复平稳。我想，这或许是名人决心迎战对局的不屈精神的体现，又或许是他在无意识间迎接灵感的一种心术，又或许是他气势高昂、充满斗志地迈入无我三昧境界的入口。那么，他成为“不败的名人”的原因是否也在于此呢?

大竹七段入座前，恭恭敬敬地与名人寒暄，并说道：“先生，我去厕所比较勤，对局中会屡次三番地中途离席。”

“我也是，每晚得起夜三次。”名人轻声说道。他似乎根本不了解七段的体质，这让我觉得很好笑。

我也一样，一坐到办公桌前，解手就变得频繁，还会不停地喝茶，有时还会出现神经性腹泻。不过大竹七段的情况比较极端，就算是在日本棋院春秋两度的段位赛上，大竹七段也会在身边放个大茶壶，大口大口地喝粗茶。当时作为大竹七段劲敌的吴清源六段也是一样，一到棋盘前解手就很勤。我曾经数过，他在四五个小时的对局中，曾经起身离席十次以上。吴清源六段并没有喝那么多茶，但不知为什么，他每次站起来时肚子都会发出声响。大竹七段不只是小解，因为不要说裙裤，他连角带都是在走廊上边走边解，说来也是奇怪。

大竹七段思考了六分钟，走完黑3手后，说了声“失礼了”，便起身离席。走完第5手后，又再次起身说道：“失礼了。”

名人从和服袖子里拿出敷岛牌香烟，慢悠悠地点上火。

思考第5手时，大竹七段时而把手揣在怀里，时而双臂环抱，时而将双手撑在两膝旁，他还会拾起棋盘上肉眼很难发现的小碎屑，甚至把对手的白棋子翻个面，实际上就是让棋子正面朝上。如果白棋子有正反面之分的话，那么蛤蜊内侧没有纹理的一面应该是正面吧，不过没有人会去注意这些。可有些时候，若名人不经意地将白棋子反面朝上放在棋盘上，大竹七段就会拿起来翻个面。

关于对局的态度，大竹曾半开玩笑地说道："先生比较安静，所以我就很容易被带偏，发挥不出状态。"

"我比较喜欢热闹，只要一安静，我就会觉得很累。"

对局过程中时不时开开玩笑，蹦出一些俏皮话，这是七段的习惯。可名人却总是假装听不见，没有任何回应。一个人唱独角戏总是无趣，加上对手毕竟是名人，七段自然也就比平常更加恭敬谨慎。

或许是人到中年，坐到棋盘前自然就会具备那种高大威严的气派，又或许是当下这个时代不那么重视规矩礼仪，以至于年轻棋手们经常身体乱晃，或者做出一些奇怪的举动。我观战过很多次对弈，其中有一次让我产生了很异样的感觉。那应该是日本棋院的某次段位赛，一个年轻的四段棋手在对弈过程中，趁对手思考的间隙，将文艺"同人杂志"摊开放在膝盖上看起了小说。对手落子后，他就抬起头来思考，自己下一手，等到对手思考时，他又再次摆出一副事不关己的样子，看起"同人杂志"来。如此无礼，好像有些看不起人，差点儿就激怒了对手。后来我听说，那位四段棋手没多久就疯了。也许是他那病弱的神经忍受不了对于思考时那段等待的时间吧。

据说大竹七段和吴清源曾去拜访某位心灵学专家，询问要有什么样的心态才能赢得比赛，得到的答案是"在对手思考的时候要做到心无杂念"。本因坊名人引退棋结束数年后，曾列席对局的小野田六段在他去世前不久举办的日本棋院段位赛中大获全胜，棋艺精湛到无法形容。而他对局的态度也截然不同。在轮到对手走棋的时候，他总是安静地闭目养神。据说他曾经说过，他已然将胜败置之度外。段位赛结束后，他住进医院，直到去世都不知道自己患了胃癌。大竹七段少年时代的老师久保松六段也曾在去世前的段位赛中取得超常的成绩。

在对局中，名人与大竹七段表现紧张情绪的方式正好相反，一个静一个动，一个迟钝一个敏感。名人一旦投入棋局之中，就会心无旁骛，也不会去厕所。据说只要观察对局者的状态和神色，基本上就能摸清棋局的形势，但这种方法唯独在名人身上行不通。但七段的棋风却并非那么敏感，反而是强劲有力。他常常长考，时间总是不够，有时眼看就要到时限了，记录人员开始读秒，在只剩最后一分钟时，他却总有各种各样的攻守手段。最后时刻的猛烈气势，反而更能震慑对手。

七段刚刚坐下就起身离开，这也是一种迎战准备，同名人呼吸变得急促是一样的。名人窄小的溜肩膀上下起伏的场景令我深受触动，我感觉自己仿佛窥视到了名人灵感涌现的秘密，没有痛苦，没有慌乱，连名人自己都不知道，别人更是无从知晓。

可是后来我把前前后后的事情联系起来一想，才发现那不过是我的自以为是罢了。也许名人只是胸口憋闷。也许是连日对局，导致他的心脏病恶化，那个时候才开始轻微发作。我不知道名人心脏不好，形成那样的印象，虽是我对名人心存敬重的一种表现，却实属荒唐。不过在那个时候，或许名人也并未察觉到自己的病情，并未感觉到呼吸困难。他的脸上看不出任何的痛苦与不安，他的手也未曾去按压胸口。

大竹七段的黑5手用时二十分钟，名人的白6手用时四十一分钟。这是本场棋的第一次长考。按照约定，当天下午四点轮到谁走棋就由谁封盘，而七段的黑11手落子时距离四点仅剩两分钟，也就是说只要名人不能在两分钟内落子，就要由他封盘。四点二十二分，名人白12手封盘。

早上才见晴的天空逐渐阴暗起来，为一场大雨奏响了前奏。那场大雨引发了水灾，从关东到关西都受到波及。

在红叶馆续弈的第二天，对局本应从上午十点开始，却一大早就发生了纠纷，导致对局时间被拖到了下午两点。我是观战记者，事情牵扯不到我这个旁观者，但工作人员们却明显被弄得非常狼狈，日本棋院的棋手们赶了过来，好像是在旁边的房间里开会。

当天早晨，我刚踏进红叶馆的大门，刚好遇到大竹七段过来，手里拎着个大手提箱。

“这是大竹先生的行李？”我问道。

“对啊！今天要从这里出发去箱根，之后就要闭关了。”七段用对局前郁闷的语气答道。

关于对局者当天都不回家，一起从红叶馆出发前往箱根旅馆这件事，虽然我早有耳闻，却还是觉得七段的大行李不太正常。

然而，名人却没有为前往箱根做好准备。

“是那么说的吗？那样的话，我还想去趟理发馆。”

大竹七段兴致勃勃地赶过来，他已经做好了棋局结束前大概三个月不能回家的心理准备。这下子不仅败了兴致，而且还感觉约定的事情变了卦。到底是不是工作人员没有将这个约定告诉名人，谁也说不清楚，或许这更让七段感到气愤。这场对局已经设立了严格的规则，却从一开始就没有得到遵守，或许这也让七段对今后感到不安。没有再三提醒名人，确实是工作人员的失误。不过现在的情况在七段看来，或许就是没有人敢抱怨身份特殊的名人，所以都过来劝说年轻的自己，试图收拾局面。七段的态度十分坚决。

既然名人说他不知道今天去箱根的事，大家也不好再说什么。人们聚集在侧室，走廊里响起嘈杂的脚步声，大竹七段很长时间没有露面。在此期间，名人只是独自稳坐在之前的座位上等待，一动不动。最后，只是午饭的时间推迟了一些，事情终于得到解决，大家决定当天两点到四点对局，隔两天再去箱根。

“只有两个小时的时间，根本下不了。不如到了箱根再慢慢下吧。”名人说道。

这么说倒也没错，不过事情却不能这么办。名人的这种做法，会导致类似的问题之后再次发生。根据棋手的心情改变对局日期，如此的肆意任性是不被允许的。如今的时代，围棋也要完全按照规则进行。对于名人引退棋设立如此严格的规则，也是为了剥夺名人的特权，防止他像过去一样随心所欲，以确保在对等的条件下进行比赛。

最后的决定是采用“封闭制”。为了贯彻执行这一制度，棋手当天不能回家，而是直接从红叶馆前往箱根。所谓“封闭”，就是要求棋手在下完一盘棋之前，不能离开对局的地方，也不能与其他棋手见面，以防止别人帮忙出谋划策。虽说这种做法可以确保比赛的权威性，却也缺乏对棋手棋品的尊重。不过换个角度想，这样做更有利于棋手互证清白。特别是这场盘棋，每隔五天续弈一次，总共要持续三个月。在这种情况下，不管是不是出于参赛棋手的主观意愿，借用他人智慧的可能性总是存在的，一旦有人质疑，便很难收场。当然，棋手有自己的艺道良心和礼节，他们应该不会轻率地对暂停的棋局评头论足，更不会对对局者说三道四。可一旦有人坏了规矩，那局面就很难收拾了。

名人晚年的十余年里只参加过三场比赛，三场都是中途病倒。第一场后患病，第三场后辞世。三场比赛名人都坚持到了对局结束，不过由于中途因病休养，使得第一场比赛持续了两个月，第二场持续了四个月，第三场引退棋更是持续了七个月。

第二场比赛是在引退棋的五年前，即昭和五年，名人对弈吴清源五段。下到中盘150手前后时，虽然形势胶着，却依然能看出是白棋处于劣势。就在这时，名人下出160妙手，以两目获胜。瞬时流言四起，很多人都说这神来妙手出自名人的弟子前田六段，真伪难辨。名人的弟子对此予以否认。160手用时长达四个月，名人的弟子们在那期间应该也研究过那盘棋局，可能是他们发现了160手，正因为是记妙手，所以他们未必不会告诉名人。但也有可能是名人自己发现了这记妙手。事实究竟如何，除了名人和他的弟子，其他人无从知晓。

第一场比赛是在大正十五年，即日本棋院与棋正社的对抗赛。

由身为双方统帅的名人和雁金七段打头阵，在两个月的时间里，不管是日本棋院还是棋正社，棋手们无疑都仔细地研究了那场棋局，至于他们有没有为己方大将出谋划策，我却无从知晓。不过我觉得应该没有。以名人的为人，他不会主动要求他人帮忙参谋，也不会轻易被他人的意见左右。似乎是名人的艺道威严，让人们保持了沉默。

不过到了第三场引退棋，当得知名人生病导致比赛中断后，有些人就开始疯传这是名人的阴谋。从始至终在旁观战的我听到这些传言后，感到非常恼火。

休息三个月后，在伊东续弈的第一天，大竹七段长考了二百一十一分钟，即三个半小时后，才下出第一手。工作人员们完全惊呆了。从上午十点半开始，加上中间一个小时左右的午饭休息时间，一直思考到夕阳西下，棋盘上亮起灯。两点四十分，大竹七段才终于下出黑101手。

“在这种地方跳进，好像一分钟就能下完，可我却……真是太笨了。啊，我已经晕了。”七段叹了一口气，笑言道，“是这样跳啊，还是爬啊，该选哪种走法啊？我就这样想了三个半小时……”

名人只是苦笑，没有答话。

确实如七段所言，黑101手所下的位置，连我们都早就想到了。棋局已进入收官阶段，按照黑棋侵入右下方白棋模样的走法，这个位置对于黑101而言是绝无仅有的好点。101手除了“18・十三”小跳以外，还能想到“18・十二”爬，所以难免犹豫，可即便如此，对于这些变化也应该早有预料吧。

那么，大竹七段为什么不快点儿下出这一手呢？观战的我都已等得腻烦，觉得奇怪，疑窦丛生。他是不是故意不走棋？是不是在故意找别扭或者耍什么花招？我这么猜疑也不无道理。这场棋局暂停了三个月，在此期间，大竹七段难道就没仔细研究过吗？下到100手，马上就要形成细棋，就算想到收官有多种多样的走法，大概也无法估算到终局。可能尝试了几种走法，却都不对，虽研究过却没有结果。可即便是这样，对于如此重要的一盘棋，七段在休战期间不可能没有试着研究过，也就是说黑101手有三个月的思考时间，可如今七段却像这样思考了三个半小时，是不是为了假装自己在休战期未曾提前研究呢？不单是我，好像工作人员们也对七段过长时间的思考有所猜疑，心生不满。在七段起身离席的间隙，连名人都轻声说了句："真有耐力啊。"名人在练习时如何，我不得而知，但在决一胜负的对局中谈论对手，这还是头一次。

不过，同名人和大竹七段关系都很亲近的安永四段却说道："关于这盘棋，名人和大竹好像在休战期间都没怎么研究过。大竹是个有精神洁癖的人，名人生病，他却自己研究棋局，这种事他做不来。"

或许事情真是如此。或许在那三个半小时里，大竹七段不仅仅是在思考黑101手该怎么走，也是在努力地让心绪回到阔别三个月的围棋上来，并且试图尽可能地分析全局形势以及今后的运棋布招。

对于名人来说，采用封盘这种规则也是头一次。第二天续弈时，

工作人员从红叶馆的保险柜中取出信封，在日本棋院干事的见证下，与对局者当面确认封印。头一天在纸上写下封盘棋的棋手让对手看完棋谱后，将这一手摆在棋盘上。这项仪式在箱根和伊东的旅馆里也曾反复进行。换言之，不让对手知道对局暂停前下的那一手，即为封盘。

按照传统的习惯，一盘棋没下完时，对局暂停前由黑棋下最后一手。这是对上手[①]的礼让，但这样做会让上手处于有利的地位，所以近来为避免不公平，对这种方式做出了改进。比如说约定好下到傍晚五点钟，那么时间一到，轮到谁就由谁下最后一手。后来经过进一步改进，就出现了封盘，即把对局暂停前的最后一手封起来。首先采用封盘制的是将棋，后来围棋也开始效仿。采用封盘规则的目的就是为了尽量减少不合理，即一方在对局暂停前看到另一方如何走棋，然后到下次续弈之前，仔细研究自己的下一手，而且那一天甚至几天的时间还会被不计入可用时限。

今时今日的合理主义要求一切都要按照详细的规则进行，少了艺道的雅怀，失去了对前辈的恭敬，没有了对相互之间人格的尊重。可以说，合理主义让名人在人生的最后一盘棋局中备受折磨。而就棋道而言，日本或者说是东洋自古流传下来的美德也已遭到破坏，一切都要依靠计算和规则。决定棋手生活的段位赛也采用了极为精细的点数制度，战法高于一切，只要能获胜就行，根本没有时间去思考围棋作为一种传统技艺所应该有的风雅与韵味。在当今这个社会，即便对

---

① 上手：对局中较强的一方。

手是名人，也要坚持在公平的条件下对战，这不是大竹七段一个人的问题。再者，围棋乃是竞技，要分出胜负高下，所以这么做是理所当然的。

三十多年来，本因坊秀哉名人未曾执过黑棋。他是围棋界的第一人，无人可与之比肩。名人在世时，没有其他人升过八段。同时代的对手被他完全碾压，下一代中也没有人能达到他的地位。时至今日，名人离世已有十年，围棋界尚未找到继承名人之位的方法，其原因之一或许就是秀哉名人的影响力太过强大了吧。棋道传统所尊崇的“名人”，恐怕要在这一代终结。

如同在将棋名人争夺战中所看到的那样，获得霸权成为主要意义，名人之位变成了像优胜锦旗一样的称号，变成了竞技比赛举办者手中的商品。或许我们也可以说，名人实际上是以前所未闻的高额对局费将这场引退棋卖给了报社。或许名人并非主动要求，而是应报社之邀的成分比较多。或许这种一旦登上名人之位，便至死都是名人的终身制和段位制等，也和日本众多的艺道流派和家元制度[①]一样，都是封建遗物。如果围棋也像当下的将棋名人战那样，必须年年争夺名人头衔，或许秀哉名人早就离开人世了。

从前，棋手一旦成为名人，虽会练习棋艺，但却会避免与人对局，就怕损害名人的权威。名人以六十五岁的高龄参加对局，恐怕是史无前例的。不过今后的社会大概不会允许有不对局的名人存在。从

① 家元制度：在日本传统的古典艺能方面，继承并传授其流派正统技艺的最高权威被称为家元，以家元为中心统领其流派的制度被称作家元制度。

各种意义上来说，秀哉名人好像是站在新旧时代的交界点上，既受到旧时代人们对名人的精神崇拜，同时也得到了作为新时代名人的物质功利。于是，在崇拜偶像的心理与破坏偶像的心理交织共存的背景下，名人作为老式偶像的遗老，迎来了他人生中最后一场对局。

名人出生在明治勃兴时期，这是他的幸运。就拿现在的吴清源来说，他没有经历过秀哉名人修业时代的浮世辛酸，即使围棋的天赋超越了名人，他个人大概也不会成为整个围棋史的代表人物。名人在明治、大正、昭和三个时代创下辉煌战绩，带来今日棋坛的繁荣，他的伟大功绩使他成为棋坛的象征。这样一位老名人想以这场对局为自己的围棋生涯画上完美的句号，他的对手本应出于后辈的体恤、武道的谦恭、艺道的高雅，让他心满意足地下完一盘好棋，可如今却未能将他置于平等的规则之外。

有了规则，就会有人动歪脑筋，想钻规则的空子。制定规则的目的是防止有人在战法上要花招，却不乏有年轻棋手想方设法利用这些规则偷奸耍滑。他们绞尽脑汁，把时限、暂停、封盘等全都加以利用。于是，作为艺术作品的一场棋局变得不再纯粹。每当走向棋盘，名人就会变成“古代人”。他不了解当下各种细致的计谋策略，他会大致看好时机，在对自己有利的时点说一句“今天就到这里。”让下手[1]走一手，然后宣布暂停，再自己决定一次续弈的日子。他把上手的肆意任性当作理所当然的惯例，很长时间以来，他在对局中都是这样做的，他也不受时间的限制。而名人被允许的肆意任性，也成为对名

① 下手：对局中较弱的一方。

人的一种历练，这是当下这种完全遵照细致规则行事的做法所不能比拟的。

不过比起平等的规则，名人更习惯于老式的特权。就比如他与吴清源五段的对局，由于名人生病，导致比赛无法顺利进行，以至于后来还出现了一些不好的传言。所以这次引退棋与名人对局，后辈的棋手们希望利用严格的对局条件，来阻止名人的肆意任性。这盘棋的对局条件并不是大竹七段与名人商定的。为了选出与名人对局之人，日本棋院的高段者们举办了联赛，而在那之前，就已经制定出了对局条件。大竹七段是在作为高段者的代表，努力要求名人也遵守誓约。

后来由于名人生病等原因，各种纠纷相继出现，大竹七段一次又一次地坚持要放弃这场对局。他作为后辈不懂得礼让老名人，对病人缺少人情味，满口理由，不讲道理，让工作人员疲于应对，然而他所提出的却都是合理的主张。或许大竹七段是担心一步退就得步步退，并且让一步这种松懈的心态说不定就会成为败局的源头。在全力以赴决一胜负之时，这种心态是不应该有的。站在大竹七段的立场来看，他已经下定决心，无论如何都要赢得这盘棋，自然不可能听任对手摆布。我甚至想到，或许正因为对手是名人，所以当名人果真像以往那样做出任性之举时，七段才会更加固执地坚持规则。

当然，对局条件与在棋盘上下棋是两回事。应该也可以考虑对手的情况，在对局时间和地点等问题上同意对手的要求，然后在棋盘上毫不留情地战胜对手，这样的棋手也是有的。在这个意义上，或许名人遇到了一个坏对手。

十三

在胜负定高下的世界里，看热闹的人都喜欢吹捧英雄，使其名声高于实力。人们喜欢棋逢对手，反倒不希望有人占据独一无二的地位。“不败的名人”一直以高大的姿态屹立于其他棋手之上。名人也曾很多次赌上命运奋力对战，但他从未在任何一场围棋对局中落败过。即便他在成为名人之前的对局中势不可当，可在他成为名人之后，特别是他晚年的对局中，人们依然相信他不会失败，而他自己也必须抱着必胜的心态，这反倒是一种悲剧。将棋名人关根即便输了比赛也无所顾虑，与之相比，秀哉名人或许就没那么轻松。常言道，围棋赛中先手获胜的概率占七成，名人执白棋败给七段也算理所应当，但外行人对此并不懂。

名人参加比赛应该不仅仅是因为大报社力量的驱使，或者高额对局费的诱惑，他更看重的是自己为了艺道而出马的意义。他一定是满怀信心,斗志昂扬。若他怀疑自己可能会失败，恐怕就不会参加比赛。最终，名人丢掉了不败的桂冠，他的生命也犹如消逝了一般。是不是也可以这么说：名人一生顺应自己异于常人的天命，而这种顺应天命最终变成了抗逆天命。

这个“举世无双”的“不败的名人”时隔五年再次登场对弈，正因如此，他同意了这个脱离时代的对局条件。事后想来，这过于严苛的对局条件也犹如梦幻，犹如死神。

然而，这个对局条件的规定，在红叶馆的第二天就被名人破坏了，并且在抵达箱根以后，马上又被再次破坏。

相关人员原计划于第三天，也就是六月三十日从红叶馆出发前往箱根，但由于大雨引发水灾，出发日期被推迟到七月三日，后又再次推迟到八日。关东被淹，神户地区也被冲毁。直到八日，东海道的铁路线尚未完全修复。家住镰仓的我要在大船站转乘名人一行乘坐的火车，而三点十五分从东京开往米原的车晚点了九分钟。

这趟车在大竹七段所在的平塚不停，所以大家约好在小田原站碰头。车刚到站，七段就上来了，只见他头戴巴拿马帽，压低帽檐，身穿藏青色夏装。他为这次山中隐居所准备的正是他曾经拿去红叶馆的那个大手提箱，见面后首先谈论的就是灾情。

“我家附近的脑科医院，现在还靠小船出行呢，最开始是筏子。”七段说道。

乘上从宫下前往堂岛的有轨缆车，俯瞰正下方的早川，只见浊流澎湃。对星馆矗立在一个好似川中岛的地方。到房间收拾停当后，七段坐下来，规规矩矩地跟名人问好：“先生辛苦了！请多关照。”

当天晚上，名人的酒喝得恰到好处，略带醉意，兴致很高，说话时手舞足蹈。大竹七段也谈起了少年时代的往事和家里的一些事情。名人要跟我下将棋，不过见我有些畏缩，就说道：

“那就大竹先生。”

这盘将棋下了近三个小时，七段获胜。

第二天早上，在浴室旁的走廊里，修面师傅正在给名人修面。大概是为了明天的对局，要收拾得整洁利落一些。旅馆的椅子上没有头能靠的地方，所以夫人就站在名人身后，撑住他的脖颈。

那天傍晚，见证人小野田六段和八幡干事也来到了对星馆。名人跟大家下将棋和二拔连珠（又名朝鲜五目），场面很是热闹。在下二拔连珠时，名人接连败给了小野田六段。

“小野田先生真厉害啊。”名人不禁赞叹。

《东京日日新闻》的围棋记者五井与我下了盘围棋，小野田六段为我们记录了棋谱。由六段负责记录，这是名人的对局中都不曾享受过的豪华待遇。我执黑棋，以五目获胜。后来，这盘棋被刊登在了日本棋院的机关杂志《棋道》上。

来到箱根后，为消除旅途的疲劳，大家休息了一天。七月十日，终于到了约定好续弈的日子。对局那天一大早，大竹七段整个人都不一样了。他双唇紧闭，看起来比平常更有气势，精神饱满地在走廊上走动，他那眼睑鼓起的单眼皮细眼中，闪烁着无所畏惧的光芒。

然而，名人却提出抱怨，说自己连续两个晚上都被溪流声吵得睡不好觉。工作人员将棋盘搬到了尽量远离溪流的单独建筑中，希望至少能拍张照片。名人勉强坐了下来，对于选择在这个旅馆对局一事流露出不满。

睡眠不足这种小事，不应该成为推迟既定续弈日期的理由。即使在双亲临终前无法见上最后一面，即使自己病倒在棋盘上，也要遵守对局日程，这是棋手的风习，时至今日，这种例子也并不少见。更何况是到了对局日的早晨才提出意见，纵使是名人也不该如此肆意任性。或许名人这么做是因为这盘棋很重要，可这盘棋对于七段来说更重要。

红叶馆也好，这里也罢，每次续弈，临对局前名人总要违反约定，可这里却没有一个工作人员能像审判官一样拥有权威，对名人下达命令，做出裁决。这难免会令七段对今后的事态发展感到担心。不过他还是爽快地同意了名人的要求，脸上也没怎么流露出不悦之色。

“选择这家旅馆的人是我，害先生没睡好觉，实在对不起。”七段说道。

“先让先生搬去安静的旅馆，好好休息一晚，明天再说吧。”

好像七段以前来过这家堂岛的旅馆，觉得这里很适合下棋，所以才指定了这里。却不巧赶上下大雨，导致溪流水量增加，那水声大得像是要把岩石冲走一样。这个旅馆就位于早川中央，住在这里确实难以入眠，大概是七段觉得责任在自己，所以才向名人道歉。

我看到七段身穿浴衣，和五井记者一起出去寻找安静的旅馆了。

当天上午，大家便赶紧搬到了奈良屋旅馆。第二天，也就是十一日，在奈良屋的一号别馆续弈，此时距离上一次对局已经过去十二三天了。从这天开始，名人进入棋境，再未肆意任性，老实得像被人夺舍了一样。

这盘引退棋有两位见证人，分别是小野田六段和岩本六段。十一日下午一点，岩本六段从东京赶来，坐在走廊的椅子上欣赏山景。日历上写着这一天是梅雨期间偶尔开晴的日子。一大早就看到了久违的太阳，树叶的影子落在潮湿的土地上，泉水中的锦鲤也游得欢快。不过对局即将开始时，天空又变得有些阴沉。微风吹拂，壁龛上插花的花枝随风轻轻摇曳。除了庭院里的瀑布声和早川的潺潺水声，只能听到远远传来的石匠凿石头的声音。庭院里鬼百合的香气悠悠袭来。对局室里太过安静，不知名的鸟儿在檐头飞来飞去。这一天，从上次封盘的12手下到黑27手封盘，一共下了16手。

中间休息了四天，七月十六日是箱根第二次续弈。负责记录的少女也脱掉了之前藏青地白碎花纹的和服，换上了白色绢麻的夏装。

虽说是别馆，却是位于同一个院落中的单独建筑，距离本馆约一百米。我无意间看到了沿着这条路回本馆吃午饭的名人的背影。从一号别馆的大门出去后是一个缓坡，名人微微弯着腰，一个人向坡上走去。他双手背在身后，一只手轻轻握住另一只手，手掌很小，虽看不清掌纹，但纹理似乎非常密集且凌乱，手中还攥着一把合着的折扇。他上半身微微倾斜，却挺得笔直，下半身反倒看起来有些不稳。这条路很宽，一侧种着山白竹，下面的小水沟中传来阵阵水声。只是这样……然而，就是这样的背影却让我忽然眼睛一热，似乎有某种很深切的感受涌上心头。刚离开对局室的名人，有些恍惚地走在路上，他的背影中流露出一种不属于这个世界的静谧的哀伤，让人不禁联想到明治时代的遗老。

“燕子，燕子！”名人用嘶哑的声音轻轻说道，然后停住脚步，抬头仰望天空。他身后是刻着“明治天皇御驻辇御座所基石”的大石头，基石上方的百日红枝繁叶茂，尚未开花。奈良屋当年曾是供诸侯住宿的驿站。

小野田六段追上前去，跟在名人身后一步远，像是为了照顾名人。名人夫人已来到屋前泉中的石桥上迎接他。上午和下午，夫人总会把名人送到对局室，等名人快要坐到棋盘边去时，再迅速离开。在午休和中途暂停时，她定会出来相迎。

此时此刻，名人的背影好像不那么平衡。也就是说，他尚未从围棋的三昧境界中清醒过来，笔直的上身依然保持着对局的姿势，使得脚步有些不稳，看上去好似一具凝聚崇高精神的身体浮在虚空。名人有些恍惚，但上身始终挺拔笔直，留存着他面对棋盘时的余韵。

“燕子，燕子！”嘶哑的声音憋在喉咙里，或许直到那个时候，名人才意识到自己的身体还没有恢复如常。在老名人的身上，这种事情经常发生。我觉得名人很亲切，大概就是因为他那个时候的形象深深地印刻在了我的心里。

十五

“名人的身体好像不太好。”七月二十一日，在箱根第三次续弈那天，名人夫人头一次流露出担忧的神情。

“他说这儿难受……”夫人说着，按住自己的胸口。据说从那年春天开始，就时常这样。

名人的食欲也变差了。据说他头一天没吃早饭，午饭也只是吃了一片薄薄的吐司面包，喝了一百八十毫升牛奶。

那天我曾看到名人明显突出的下巴和瘦削的脸颊在微微抽动，我却以为那只是天气炎热所引发的疲劳。

那一年，梅雨季节过去后，雨依然下个不停，入夏也迟了。七月二十日的土用[①]时节来临前，天气忽然变热。二十一日，明星岳上薄雾萦绕，阴沉沉的。黑凤蝶在廊道边的鬼百合间流连，让人更觉闷热。鬼百合的一根花茎上竟开出了十五六朵花。庭院里，成群的乌鸦叫个不停，也让人觉得闷热。就连负责记录的少女都扇起了扇子。这盘棋自开局以来，头一次遇到如此热的天气。

“好热啊。”大竹七段用布手巾擦了擦额头，又抓了抓头发，擦去上面的汗。

“连棋子都热。我去爬山了，箱根的山……箱根的山堪称天险啊！”

七段的黑59手，用了三小时三十五分钟，中间还有午休时间。

名人的右手轻轻撑在身后，左手搭在扶手上，一个劲儿扇着扇子，时不时朝庭院看几眼，神情放松，看上去舒服又凉快。年轻的七段在他面前苦思冥想着，连一旁观战的我都被深深感染，可他却显得那么平静，仿若已将力量重心置于远方。

不过名人的脸上也冒汗了。他忽然将双手放在头上，然后又捂住脸颊。

“东京应该热得不得了吧。”名人说完后，嘴巴久久微张，一副精神恍惚的样子，好像在回忆着曾经的盛暑，想象着遥远的酷热。

“嗯，从去湖边玩的第二天开始，忽然就……”见证人小野田六段答道。小野田六段刚刚从东京来到这里。所谓去湖边玩，指的是前次对局日的第二天，也就是十七日，名人、大竹七段和小野田六段等

---

① 土用：指立春、立夏、立秋、立冬的前18天。此处是指立秋前的18天。

一行人到卢之湖钓鱼的事。

大竹七段经过长时间的思考，走出了黑59手。之后的三手不得不按照这一手的路数走下去，双方迅速做出应对。如此一来，上边暂时稳定。下一手黑棋走法多样，不太容易落子，但七段选择转战下边，只用一分钟就走出了黑63手。看样子是早就算到了这一步。他在下边的白棋模样上放下一子用以侦察，再次回到上边，想必是对后面的目标早已了然于胸，要发起独特的凌厉进攻了吧。落子的声音显得咄咄逼人。

“稍微凉快点儿了。”大竹七段说罢便起身离开。他在走廊里脱下裙裤，从厕所出来后，裙裤竟然前后穿反了。

“裙裤居然变成了裤裙。”七段说完，便重新穿好裙裤，灵活地将带子系成十字结，然后又一次去了厕所，这一次是小解。

回到座位后，七段又说了句“下棋的时候，总能最先感觉到天热”，然后拿布手巾用力地擦掉眼镜片上的脏东西。

名人吃了些冰糯米团。下午三点，由于黑63手有些出人意料，名人思考了二十分钟。

关于对局中频繁起身去解小手这件事，早在芝红叶馆开始对局之前，七段便已经提前告知名人了。但在上次七月十六日的对局中，由于七段去解手的次数太过频繁，名人还是被震惊到了。

“是哪里生病了吗？”

“是肾脏，神经衰弱……一思考就想去厕所。”

“不喝茶不就好了。”

“不喝茶倒是好，可我一思考就想喝茶。”紧接着一句“不好意思”，七段再次起身离开。

七段的这个毛病，对于围棋杂志来说，是杂谈栏和漫画栏的绝好素材。曾经有人这样写道：以那种走法，一场棋局下来，大概能沿着东海道走到三岛旅馆了。

十六

对局暂停后，离开棋盘前，对局者要计算当天的手数，查看花费的时间。这个时候，名人的理解力也着实有些迟钝。

七月十六日四点零三分，大竹七段黑43手封盘。当听说今天上午和下午一共走了16手后，名人不敢置信：“16手？下了那么多手吗？”

负责记录的少女反复告诉名人“从白28手走到黑43手封盘，一共走了16手”。对手七段也跟名人说是走了16手。棋局刚刚开始，棋盘上只有四十二颗棋子，看一眼就应该很清楚了。可即便两个人都这么说，名人却好像还是不认可。他慢慢地用手指将当天下过的棋子一颗一颗点过，亲自数了一遍后，却好像还是没想明白。

“摆一遍就知道了。”名人说道。

于是他和对手两个人先将当天下过的棋子捡走。

“1手。”

“2手。”

“3手。”

就这样一直数到16手，把棋重新下了一遍。

“16手？下了这么多啊。”名人恍惚地嘀咕着。

“先生下得快……”七段说道。

“我可不快。”

名人就那样神情恍惚地坐在棋盘前，丝毫没有要起身的意思，其他人也就不好先行离席。

过了一会儿，小野田六段说了句：“去那边吧，也许能换换脑筋。”

“不如下盘将棋吧。”名人答道，好像刚刚清醒过来。

名人不是故意装傻，也不是佯装糊涂。

当天只下了十五六手，根本不需要查对。整个棋局无时无刻不装在棋手的心里，哪怕是吃饭睡觉，也会在脑海萦绕。可名人却偏要亲自摆棋查对一番才满意，这或许是他认真细致的一种表现，同时也反映出了他迂阔的另一面。从老名人这有意思的举动中，似乎能够感觉到一种不太幸福的孤僻。

间隔四天后，第五天重新开棋。七月二十一日共下了22手，从白44手下到黑65手封盘。

宣布暂停后，名人照旧问负责记录的少女：“我今天总共花了多长时间？”

“一小时零二十九分钟。”

“那么长时间吗？”名人愣愣地说道，好像很意外。当天名人下了11手，所用的时间都加起来，比对手大竹七段下黑59一手所用的时间，即一小时零三十五分钟还少了六分钟，但他似乎觉得自己应该下得更快些。

“您好像没用那么长时间……好像下得很快……”七段说道。

名人向负责记录的少女问道：“镇呢？”

“十六分钟。”少女答道。

“与长结合形成的顶呢？”

“二十分钟。”

七段插话道：“粘用的时间比较长。”

“是白58。”少女看着时间记录表答道，“三十五分钟。”

名人似乎还是有些疑惑，从少女手中接过时间表，亲自查看了一下。

由于是夏天的关系，喜欢洗澡的我在每次对局暂停后，总是最先跑去浴池。而那一天，大竹七段几乎是和我同一时间来到浴池，看上去劲头十足。

“今天的棋局进展得很快啊。”我说道。

“先生下得又快又好，有如神助。看来这盘棋很快就会结束啦。”七段闷声笑道。

他依然保持着充沛的体力。在即将对局或对局刚刚结束时，不方便在对局室以外的地方同棋手碰面。此时的七段气势高昂，看起来像是要做出某种决定。或许他的脑子里早已想好了猛烈的进攻招数。

“名人真快啊。”见证人小野田六段也很惊讶。

“我们的棋院段位赛是十一个小时，按照那种速度，时间足够了。那地方挺难的，白棋的镇，可不是轻易就能落子的……”

从两个人所用的时间来看，截至七月十六日的第四次续弈，白棋总计用时四小时三十八分钟，黑棋总计用时六小时五十二分钟。七月二十一日的第五次续弈结束后，白棋用时五小时五十七分钟，黑棋用时十小时二十八分钟，差距在这一天被拉大。

之后，七月三十一日的第六次续弈结束后，白棋用时八小时三十二分钟，黑棋用时十二小时四十三分钟。截至八月五日的第七次续弈，白棋用时十小时三十一分钟，黑棋用时十五小时四十五分钟。

不过，在八月十四日的第十次续弈结束后，白棋总计用时十四小时五十八分钟，黑棋总计用时十七小时四十七分钟，差距有所缩小。那一天，名人以白棋100手封盘后，便住进了圣路加医院。在八月五日的对局中，名人忍着病痛，经过两小时零七分钟的长考，下出了白90手。

到十二月四日对局结束时，秀哉名人全局总计用时十九小时五十七分钟，大竹七段全局总计用时三十四小时十九分钟，出现了十四五个小时的惊人差距。

名人用时十九小时五十七分钟，接近普通对局时间的一倍，可尽管如此，距离可用时限还有二十个小时。大竹七段用时三十四小时十九分钟，可距离四十个小时的时限，还剩下大约六个小时。

在这盘棋中，名人的白130忽然失着，成了致命伤。如果名人没走这步败着，双方在形势不明或者相差细微的状态下继续对局下去，或许七段就需要更加仔细推敲，坚持到用完四十个小时。白130手之后，黑棋获胜已成定局。

名人和七段都是耐力出众的长考型棋手。七段对弈时，一般都是等规定时限将至，在最后一分钟时方才显露出可下百手的气势，这反倒成为他的可怕之处。而名人修习棋艺时未曾受到时间制的约束，没能练就这种技艺，或许他想在人生最后一场决胜棋中不受时间追赶，不留遗憾地尽情下一盘，所以才将时限定为四十小时吧。

一直以来，名人决胜棋的时限都特别长。大正十五年与雁金七段的那场对局，时限是十六小时。雁金七段超时落败。不过即便黑棋还有时间，名人以五六目获胜的结局也是不会改变的。人们都说，雁金七段应该在未到时限时就痛痛快快地认输。与吴清源五段对局时，时限是二十四小时。

这盘引退棋的时限是四十小时，即便与名人那些时限特别长的对局相比，也长出了一倍左右。与棋手普遍的时限相比，更是延长到了四倍。这个时间基本上等同于未设时限。

四十小时，这个长得过分的时限条件若是名人方面提出的，那就等于是名人自己给自己增加负担。换而言之，就是这个条件让名人不得不忍着病痛，耐心等待对方的长考。大竹七段用时三十四个多小时，恰恰证明了这一点。

规定每五天续弈一次，也是为了照顾名人年老体弱，但结果显然是事与愿违。假如双方都用完规定的时间，合计下八十个小时，按每次对局用时五小时计算，就要对局十六次。如果每五天对局一次，那么即便进展顺利，也需要大约三个月。就棋手的作战气势来讲，为了一盘棋，需要连续三个月集中精神，保持斗志，不能放松，这是很难做到的，只会无谓地消耗棋手的精力。对局过程中，无论睡着还是醒着，盘面都会时刻萦绕在棋手的脑际，即便中间有四天休息时间，也不可能休息好，反倒会更加疲累。

名人生病后，间歇的四天越发变成一种负担。不要说名人啦，就连工作人员们也都希望这盘棋局能尽早结束。这不仅仅是为了让名人不再那么辛苦，更是因为他们心中充满不安，害怕名人哪天忽然倒下去。

在箱根时，由于身体实在难受，名人甚至向夫人表露出“胜负都无所谓了，只想早日下完这盘棋”的想法。

“这种话他以前从没说过，如今却……”夫人的话语中满是悲戚。

据说有一次，名人曾跟某位工作人员说：“只要还得下这盘棋，我的病就不会好。我时常想，如果我就此放弃这盘棋，也就解脱了。可那就是对艺的不忠，这种事我不做不出来……”他低下头，继续说道，“当然，我并没有真的考虑过放弃的事，只是难受的时候，脑子里会忽然闪过这种想法……”

哪怕是跟身边的人坦露心迹，应该也是万不得已吧。无论任何场合，名人从不牢骚抱怨，也不会叫苦示弱。在名人五十年的棋坛生涯中，因为比对手多了点儿耐性而最终获胜的情况并不少见。并且名人也不像是一个会夸大自己的悲壮和痛苦的人。

十八

在伊东刚开始续弈后的某一天，我问名人这盘棋下完以后是再次住院，还是和往年一样到热海避寒。名人好像忽然打开了心扉，“嗯……实际上，问题是我会不会在那之前倒下……我能坚持到现在还没倒下，连我自己都没想到。我并没考虑什么特别深奥的问题，也没有什么所谓的信仰，如果说是因为棋手的责任感，可单凭这一点我又撑不到现在。如果当那是一种精神力量吧，也好像……”名人微微歪了歪头，慢悠悠地说道，“说到底，可能是我反应比较迟钝，犯迷糊……我觉得我这种迷糊劲儿反倒挺好的。迷糊这个词，在大阪和东京所表达的意思不同。在东京，迷糊是有点儿蠢的意思，而在大阪，则表示模糊不清，比如说画上某个地方画得模糊，或者围棋中某一手下得模糊，是这样吧？”

名人的话耐人寻味，我不禁反复琢磨其中的深意。

名人如此坦露心怀，实属少见。他不会轻易将感情表露在脸上，也不会说出来。我作为观战记者，很长时间以来一直在细心观察名人，从他云淡风轻的神态和言辞中，我经常会忽然体味到一种妙趣。

从明治四十一年秀哉继承本因坊名号以来，始终支持名人并担任名人著书助手的广月绝轩曾在书中提道：在我追随名人的这三十余年里，名人从未对我说过一句“拜托你啦”或者“辛苦你啦”。据说他还曾因此误会名人是一个冷漠之人。绝轩写道：有段时间，社会上曾经议论纷纷，说绝轩做的事都是受名人指使，可名人依然一副超然物外、事不关己的样子。说名人吝啬也是谬传，绝轩可以立刻拿出证据反驳。

引退棋的对局中，名人也从没说过一句类似的寒暄话。所有寒暄都是由夫人代劳。他不从依仗名人的头衔摆架子，他就是这样的人。

引退棋的相关人员有事找名人商量时，他也只是回一句“嗯”，然后就直呆呆地不说话。我想，别人很难理解他的意思，对于他这样拥有绝对地位的人又不好一遍又一遍地问，有时候应该会很为难吧。很多时候，都是夫人出面替他招呼客人。他一发呆，夫人就会赶忙帮他打圆场。

名人的性格中，有神经感觉迟钝、领会能力差的一面，也就是名人自己所说的“迷糊”。这一点在他与旁人比试业余技能或者他喜好的竞技活动时也有所表现。不要说将棋和连珠啦，就连打台球和打麻将，名人都要思考很长时间，搞得对手不胜其烦。

在箱根的旅馆里，名人、大竹七段和我曾一起打过几次台球。名人轻松拿到七十分。大竹七段像下围棋时那样报出了具体的得分数：“我四十二，吴清源先生十四……”名人每击一球，都会不紧不慢地思考，甚至很多次在摆好姿势以后还会撸球杆。他非常认真，用的时间也很长。根据球与人体的运动速度，台球似乎也能打出气势，但我在名人身上却感受不到运动的过程。看到名人撸球杆的动作，我会觉得特别着急。然而再继续看下去，我又从他的身上感受到一种伤感与亲切。

打麻将时，名人会将怀纸折叠成细长条，再把麻将牌摆在上面。无论是折纸还是摆麻将牌，都是那么细致整齐。我想名人应该有洁癖，于是便问了一句。

“嗯，像这样把麻将牌摆在白纸上，牌就会比较亮，容易看清楚，你也试试看。”名人答道。

麻将也是要气势足打得快才会激起人的胜负欲，让人打得起劲儿。可名人却总是思考很久，打牌也是不紧不慢，让对手焦虑到极点，最终败了兴致。然而名人并不关心对手心情如何，只顾一个人埋头思考。即便别人是不得已才跟他打牌的，他也全然不知。

十九

关于业余围棋，名人曾经说过这样一番话：“通过下围棋和下将棋是看不出对方性格的。站在围棋精神的角度考虑，通过对局可以看出对手性格之类的就是歪理邪说。”他大概是因为有些人似懂非懂却总喜欢谈论棋风而有所感叹吧。

“对我来说，与其考虑对手的事，还不如沉浸在围棋的三昧境界中。”

名人离世那年的一月二日，也就是他离世的半个月前，曾出席日本棋院的围棋开赛仪式，还参加了联棋。具体做法就是当天来日本棋院的棋手一旦找到对手，就各下5手然后离开，类似放下祝贺名片后离去的做法。因为排号等待的时间比较长，就另外又开了一盘。这第二盘棋下到第20手时，名人看到濑尾初段闲得无事，便跟他下了起来。两人从第21手到第30手，即各下5手。这盘棋已经没有棋手会接续下了，轮到名人下完最后一手，就暂停对局并直接结束。然而，名人竟用了四十分钟思考最后的第30手。实际上，那不过是仪式的余兴节目，也没有人会接着下，只要随便下下就行。

引退棋进行到一半时，名人住进了圣路加医院，我曾前往探望。这间医院里的家具都是根据美国人的体型制作的，尺寸很大。身材矮小的名人坐在高高的病床上，给人一种危险的感觉。他脸部的浮肿已经大体消退，脸颊上也长了点儿肉，最重要的是他似已放下了心中的包袱，神态轻松，看上去就是一位随和的老人，与对局时截然不同。

正在报道引退棋的报社记者恰好也来到医院。据他说，连每周的有奖竞答都非常受读者欢迎。报社每周六都会就“下一手会下在哪里”这个问题征集读者答案。

我也从旁帮腔道：“这周的问题是黑91手。”

“91手？”名人流露出观察棋盘时的表情。糟糕，我意识到不该谈论围棋的事。

“白棋小跳，黑91上扳。”

“啊……那里要么扳，要么长，只有两种走法，估计会有很多人猜中吧。”说话间，名人的后背自然伸直，抬头挺胸，坐姿端正。那正是对局的姿势，流露出清凛的威严。一时间，名人面对虚无的棋盘，进入了忘我的状态。

不论是此时，还是正月参加联棋时，都能看出名人热爱棋艺，每一手都毫不含糊，与其说那是作为名人的强烈责任感，倒不如那是一种自然之举。

一旦被名人抓去下将棋，年轻人就会累得够呛。就说我亲眼看到的一两个例子吧。一次是在箱根与大竹七段对弈，名人让一子香车，那一盘从上午十点一直下到傍晚六点。还有一次是在这场引退棋之后，《东京日日新闻》举办了大竹七段对战吴清源的三番棋，名人受邀担任解说。在我撰写第二局的观战记时，前来观战的藤泽库之助五段被名人抓去下将棋。那一局从上午下到深夜，一直到翌日凌晨三点才结束。第二天早晨，与藤泽五段刚一碰面，名人又立刻拿出了将棋盘。

七月十一日，隐退棋在箱根重新开棋。在下一次续弈的前一天，也就是十五日的夜里，大家聚在一起时，住在奈良屋兼带照看名人的《东京日日新闻》围棋记者砂田说道：

“名人太吓人了。那以后连续四天，我早上刚一起来，他就来喊我打台球，一打就是一天，一直打到深夜，还天天如此。他哪里是天才，简直就是超人嘛。”

据说名人也从未向夫人抱怨过下棋下累了之类的话。夫人经常提起的一件事就足以证明名人下棋时是何等专心。在奈良屋旅馆时，我也曾听夫人讲起过。

“那是我们住在麻布笄町时的事……当时房子不太宽敞，对弈和练习都是在一间十叠大的房间里。坏就坏在旁边八叠大的房间作了茶室，难免有客人在茶室里大声说笑或者吵吵闹闹。有一次，我先生正在同什么人对弈，我妹妹抱来了她刚出生的孩子。毕竟是个婴儿，一直哭个不停。我急得不得了，想让我妹妹早点儿回去，可很长时间没见面了，她又是为了让我瞧瞧孩子才来的，我根本开不了口。妹妹回去后，我跟我先生道歉说：‘刚刚吵着你了吧。’结果我先生却说他根本不知道我妹妹来过，也没听到婴儿的哭声。”

接着夫人又补充道：“已故的小岸曾说他想快点儿变成先生那样，每晚临睡前，都会在地板上练习静坐法。当时有一种冈田式静坐法。”

小岸是指小岸壮二六段，是名人的爱徒，名人曾考虑让他继承本因坊的名号，还曾说过“我只信赖他一人”。然而小岸却于大正十三年一月英年早逝，终年二十七岁。名人晚年定是时常想起小岸六段。

野泽竹朝还是四段时，曾在名人家中与名人对弈，当时也发生了类似的事。少年内弟子们在学徒房里大吵大闹，声音传到了对局室，野泽起身走过去对他们说：“待会儿名人就会训你们。”可名人根本就没有听到他们的吵闹声。

“中午休息时也是那个样子，吃饭时，就那么凝神望着虚空，也不说话……大概是那一手特别难走吧。”名人夫人说的是七月二十六日在箱根第四次续弈时的事。

“他似乎不知道自己是在吃饭，那样不利于胃肠蠕动。我告诉他吃饭得专心，否则对身体不好。他听完后面露不悦，然后又开始一动不动地凝神发呆。”

黑69手的强势进攻，似乎连名人都没有预料到。他用了一小时四十四分钟苦苦思考应手。这是自这场棋局开始以来，名人第一次长考。

不过，大竹七段应该早在五天前就已经想好了这一手。当天早上续弈时，七段抑制急躁的情绪，用了大约二十分钟重新审视棋盘。其间，他的身体不断积蓄力量，开始使劲儿晃动，半侧身子凑到棋盘前。继黑67手之后，又走出了强劲的黑69手。

“会是雨还是风暴呢？”说罢，七段纵声大笑。

恰在当时，一场骤雨袭来，庭院里的草坪转眼间就已被雨水淹没。人们急忙关上窗户，风雨不停拍打着窗玻璃。七段蹦出一句他擅长的俏皮话，却也似一声得意的呼喊。

黑69手落子后，名人脸上忽然掠过一抹阴影。稍一愣神后，又露出了和善的表情。仅此而已，但在名人身上却也极为少见。

后来在伊豆续弈时，黑棋出人意表，走出了看起来很可能是为了封盘而封盘的一手。好不容易等到休息间歇，名人立刻向我们倾吐了他的满腔怒火。他说他看到那一手时，火一下子就上来了，想到这手棋竟如此卑鄙，恨不得当场放弃这盘棋。不过就算在那个时候，他在离开棋盘前始终未露声色，甚至没有人察觉到他内心的动摇。

黑69手仿若一把冒着寒光的短剑，名人马上陷入了沉思。到了午休时间，名人起身离开对局室后，大竹七段仍站在棋盘边，恋恋不舍地俯视着盘面，口中说道：“这一手下得棒，最高峰啊。”

“势头很猛啊。”我说道。

“总是我被逼着冥思苦想，这回……”七段爽声笑道。

午休过后，名人刚一落座后就下出了白70手。由此可以明显看出，在用来吃午饭的休息时间，也就是在不计入限时的时间里，名人依然在思考。名人本应装装样子，在走下午头一手时稍稍思考一下，以免被旁人看出来，但他却不会使用这种伎俩。反过来，他会在吃午饭时一直凝望虚空。

二十一

黑69的攻击被称为“鬼手”。名人后来也曾评价其为“大竹七段独创的严酷攻击”。一旦应手错误，白棋势必陷入无法收拾的局面，所以名人用了一小时四十六分钟才下出白70手。十天后的八月五日，白90手用时两小时零七分钟，成为名人在本场棋局中思考时间最长的一次，而白70手的思考时间仅次其后。

见证人小野田六段等人也深表钦佩：“如果说黑69手是进攻鬼手，那么白70手就是抵御妙手。”名人忍一手摆脱了危机，退一步化解了难题，应该是非常难走的高着。白棋用一手就压制了黑棋猛烈进攻的气势。看起来黑棋已经使足气力，而白棋却丢掉伤痛，一身轻松。

“会是雨还是风暴呢？”大竹七段所说的那场骤雨，让天空瞬时阴沉下来，房间里亮起了灯。白棋倒映在镜面般的棋盘上，与名人的身姿融为一体。庭院里风狂雨横，反倒衬得对局室里更加宁静。

骤雨很快就过去了。薄雾萦绕山腰，河流下游的小田原那边天已放晴。阳光照在溪谷对面的山上，蝉吱吱地叫个不停。走廊的玻璃窗已经打开。七段下黑73手时，还有四只全身漆黑的小狗在草坪上玩耍。之后，天空再次阴沉下来。

一大早也曾下过一场阵雨。上午对局时，久米正雄坐在走廊的椅子上，满怀感慨地轻声说道：“一坐到这儿，就觉得心情很好，心境豁达。”

久米刚刚就任《东京日日新闻》的学艺部长，为了观战，头天晚上来到这里住了一夜。小说家担任报社的学艺部长，这种事近来并无先例，围棋正属于学艺部的负责范畴。

久米对围棋所知甚少，所以他一直坐在走廊里，时而看看山景，时而看看对局者。然而，他同样被下棋人的心绪波动所感染，每当名人满脸痛苦地沉思时，久米温和的笑脸上也会同样浮现出悲伤的神情。

在不懂围棋这一点上，我和久米可谓是半斤八两。可即便如此，一直在近旁观战的我，看着看着竟觉得棋盘上静止的棋子好像被赋予了生命，在同我说些什么。棋手落子的声音，仿佛响彻了整个世界。

对局室设在二号别馆。那是一栋独立建筑，有三个房间，最大的一间十叠，其他两间九叠。十叠那间的壁龛上插着合欢花。

“这花好像要落了似的。”大竹七段说道。

当天一共下了15手，由白80手封盘。

负责记录的少女说下午四点的封盘时间就要到了，可名人却好像没听见。少女向名人那边探了探身，有些迟疑。

七段替少女说道：“先生，要封盘吗？”声音很轻，仿佛是要摇醒熟睡的孩子。名人似乎才听到，低声嘟囔着什么，但他喉咙嘶哑，并没发出声来，根本听不清。日本棋院的八幡干事以为名人已经想好封盘的一手，便备好信封拿了过来。可名人却像事情跟他无关似的，一直愣愣地盯着棋盘。过了片刻，依然神情恍惚，仿佛无法立刻回到现实。

“下一手还没定下来。”

之后名人又考虑了十六分钟，白80用时四十四分钟。

七月三十一日续弈，对局室换成“新上段之间”。这里有三个房间，两间八叠大，一间六叠大，分别挂着赖山阳、山冈铁舟和依田学海的匾额。“新上段之间”就在名人房间的楼上。

名人房间的走廊边上，紫阳花花团锦簇，竞相开放。那一天也有黑凤蝶在花丛中飞舞，在泉水中映出艳丽的倒影。房檐下，藤萝架枝叶繁茂。

名人思考白82手时，我在对局室里听到了水声。循声向下望去，只见名人夫人正站在泉中石桥上，向水中撒麦麸。还能听到鲤鱼成群游动的水声。

那天早晨，夫人曾对我说：“有客人从京都过来，我便回了趟家。这时节，东京也凉快了，终于熬过酷暑了。”

“可天气一凉，我又开始担心他在这边会不会感冒……”

夫人站在石桥上时，天空飘起了蒙蒙细雨。没过多久，就有大颗大颗的雨点儿落了下来。大竹七段也不知道外面下雨，听人一说，便看了看庭院道：“老天爷也是得了肾病吧。”

实在是一个多雨的夏天。自从来到箱根以后，没有一次对局是赶上晴天。而且忽晴忽雨，现在这场雨也一样，七段思考黑83手时，还有阳光洒在紫阳花上，山中的绿植被雨水洗刷一新，闪着亮光，没想到转眼工夫天又阴了下来。

黑83手长考一小时四十八分钟，破了白71手一小时四十六分钟的记录。七段双手撑地，连带着坐垫一起往后蹭了一下，眼睛紧盯着棋盘右边。片刻后又把手揣在怀里，肚子往前挺。一系列动作预示着七段要陷入长考了。

这盘棋也已进入中盘阶段，此时每一手都很难走。白棋和黑棋的领地基本已经明朗，虽然还不能准确点空，但应该很快就可以了。就这样进入收官阶段，还是攻入敌方领地，还是在某处发起挑战，是时候观察整盘棋的走势，判断胜负，并据此推敲作战策略了。

在日本学习围棋后回到德国，被誉为“德国本因坊”的费利克斯·杜瓦尔博士向这场名人引退棋发来了贺电。两位棋手查看博士电报的照片被刊登在晨报上。

由于当天是白88手封盘，八幡干事赶忙说道：“先生，这是八十八岁大寿的祝福啊！”

名人那瘦到不能再瘦的脸颊和脖子看起来更瘦了，但比炎热的七月十六日那天更有精神，意气轩昂，或许应该用肉落骨秀来形容。

令所有人都没有想到的是，名人在五天后的对局中病倒了。

黑83手落子后，名人猛然站了起来，似乎是等不及了。他的疲惫瞬时展露无遗。当时是十二点二十七分，已到午休时间，但名人箭一般站起来的样子却是前所未见的。

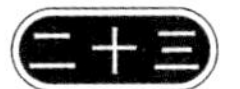

八月五日早晨，名人夫人对我说：“我那么虔诚地向神灵祈祷，只希望不要出现这种情况，却……可能是我信心不够吧。”

她还说：“我一直都很担心，害怕出现这种情况。可能是太过担心了，反倒……现在这样，也只能向求神灵保佑了。”

作为一个好奇心旺盛的观战记者，我一直都只是在关注名人作为决胜英雄的一面。与名人相伴多年的名人夫人的一席话，让我顿感无措，无法作答。

因为这场棋局的关系，名人心脏的老毛病越发严重，好像很久以前就开始感觉胸口憋闷，却从未对人透露过半句。

八月二日，名人的脸开始浮肿，胸口也开始疼痛。

八月五日是规定的对局日。大家决定上午先只下两个小时。名人本应在对弈前接受诊察，于是便问“医生呢？”当得知医生去仙石原诊治急症病人后，名人便催促道：“这样啊，那开始吧。”

名人刚坐到棋盘前，就用双手慢慢捧起茶碗，喝了口热茶。之后双手轻轻互握，放在膝头，身子挺得笔直，但神情却像一个就要哭出来的孩子。他紧闭的嘴唇向前突出，脸颊浮肿，眼皮也肿了。

上午十点十七分，对局基本上按照规定的时间开始。那一天也是晨雾弥漫，然后下起暴雨，不久后早川的下流方向便开始放晴。

启封白88手后，大竹七段于十点四十八分下出黑89手。之后过了晌午，快到一点半时，名人的白90手还是没有定下来。名人忍着病痛，长考了两个小时零七分钟。在这一过程中，名人始终保持端坐的姿势，脸上的浮肿反倒开始消退，终于决定要午休了。

平常一个小时的休息时间延长到了两个小时，医生为名人检查了身体。

大竹七段说他肚子不舒服，目前在同时服用三种药，还在服用预防脑贫血的药。七段过去曾在对局中失去知觉晕倒过。

“棋没下好，没有时间，身体不适，基本上只要这三条凑齐了，就会引起脑贫血。”

关于名人的病，大竹七段这样说道：“我不想下，但先生却说无论如何都得下。”

午休结束后，回到对局室之前，名人的白90手封盘已经定下来了。

“先生辛苦了。”大竹七段说道。

“我总提些过分的要求，对不起啦。”听到大竹的问候，名人罕见地道了歉，之后对局暂停。

“我不在乎脸肿，但这里总有各种各样的毛病，真愁人。”名人一边画着圈按揉自己的胸口，一边向久米学艺部长讲述自己的病痛。

“有时气喘，有时心悸，有时胸口像被什么东西压着一样难受……我原来总以为自己还年轻。从五十岁开始，才感觉自己上了年纪！”

“但愿斗志能战胜年龄吧。”久米说道。

“先生，我三十岁，已经感觉自己老了。”大竹七段说道。

“那可有点儿早。”名人说道。

名人同久米部长等人在休息室里坐了很久，还谈起了他少年时期去神户时的往事，说他当时在阅舰式军舰上第一次见到电灯。

“生病以后，医生不让我打台球，真是难为人啊。将棋倒还可以少下一会儿，来吧。”名人笑着站起身来。

名人所说的少下一会儿，绝不止是一会儿。看着想要立刻一决胜负的名人，九米说道：

“还是打麻将吧，比较不费脑子。”

名人午饭只是就着梅干喝了点儿稀粥。

二十四

大概是名人的病情传到了东京，久米学艺部长也赶了过来。名人的弟子前田陈尔六段也来了。担任见证人的小野田六段和岩本六段两个人也在八月五日赶来。连珠的高木名人也在旅行的途中顺道过来，身在宫下的将棋土居八段也过来游玩。大家各种比试，好不热闹。

名人听从久米的好心建议，没有下将棋，而是跟久米、岩本六段和砂田记者打起了麻将。三人担心名人的身体，打得小心翼翼，可名人却独自埋头沉思。

“你啊，思考得太认真了，脸又该肿啦。”夫人担心地在名人耳边低声说道。但名人却好像没听见一样。

在他们的旁边，高木乐山名人在教我下移动连珠，也叫活动五目。高木名人好像对所有玩的东西都很精通，还擅长研究新的游戏，总能给身边的人带来快乐。那天他还说他正在设计一种游戏，取名

“箱中少女”。

晚饭后，名人又跟八幡干事和五井记者下起了二拔连珠，一直下到半夜。

白天的时候，前田六段只是跟名人夫人说了会儿话，就赶紧离开了旅馆。对于前田六段而言，名人是师父，大竹七段是内兄，他应该是怕万一引起误会或谣言，才不与对局者见面的。名人与吴清源五段对弈时，就有传言说白160的妙手是前田六段发现的，或许他回想起了那时的事，所以才避嫌的。

第二天，也就是六日清晨，在《东京日日新闻》的安排下，川岛博士从东京赶来为名人诊察。据说名人所患之病为主动脉瓣关闭不全。

诊察结束后，名人坐在病床上，又同小野田六段采用“不成银”的下法下起了将棋。之后，高木名人同小野田六段采用“朝鲜将棋”的下法对局，名人一直靠在扶手上观战。

“来吧，打麻将吧。”名人迫不及待地催促道。可我不会打麻将，所以人手不够。

“久米先生呢？”名人问道。

“久米先生去送医生，顺道就回去了。”

“岩本先生呢？”

“也已经回去了。”

“是吗？回去了啊。”名人无力地说道。语气中的落寞与孤寂深深触动了我。

我也要回轻井泽了。

二十五

报社和日本棋院的相关人员同东京的川岛博士、宫下的冈岛医生商量后决定，让名人按照自己的意愿继续对局。不过，为了让名人不那么劳累，从原来的每五天对局一次，每次对局五小时缩短为每三天或每四天对局一次，每次对局两个半小时。此外，在每次对局前后，名人都要接受医生的诊疗，得到许可后方能继续。

这样一来，便可以缩短之后对局的天数，恐怕这也是为了将名人从病痛中解救出来，完成这场棋局的穷极之策吧。为了一场棋局，在温泉旅馆里住上两三个月，可以说是非常奢侈，然而这就是所谓的“封闭制”，就是要将人封闭在这场棋局里。如果每次中间休息那四天可以回家，棋手们或许还能远离围棋，排遣紧张的情绪，缓解疲劳，可若是一直被关在对局的旅馆房间里，则根本无法转换心情。如果只是两三天或者一周，倒也没有问题，可若是两三个月，对于六十五岁的老名人来说却未免有些残忍。当今的对局，封闭是惯例，所以即便是让一位老人长时间封闭，人们也不会认为那有多不道德。或许连名人自己都将这种过于严苛的对局条件视为英雄之冠吧。

还没到一个月，名人就病倒了。

而事到如今，对局条件改了。对于名人的对手大竹七段来说，这件事事关重大。按照规定，如果名人不能按照最初约定的那样对弈，就要放弃这盘棋局。但大竹七段终归没有那么说。

“休息三天的话，无法消除疲劳。一天只下两个半小时，我提不起干劲儿。”他说道。

他做出了让步，但与年老的病人对弈，却将他置于非常艰难的境地。

“先生病了，如果变成是我强求先生对弈，会让我很难做的……我不想下，是先生说无论如何都要下的，但世人或许不会这么认为，他们认为的很可能恰恰相反。还有，如果因为继续对弈导致先生病情恶化，那在旁人看来就是我的责任。那可不是小事儿，会在围棋史上留下污点，一直被后世诟病的，我可受不了。并且站在人情的角度讲，让先生好好休养，等病愈了之后再下，不好吗？”

不管怎么说，在所有人眼里，面对病重的对手，这棋都是不好下的。如果赢了，会被认为是乘人之危，如果输了，结局会更加凄惨。目前胜败仍无法准确预测。名人一坐到棋盘边，就会自然而然地忘却自己的病痛，但大竹七段却要努力强迫自己忘记对手是个病人，所以这种情况反倒是对大竹七段不利。名人成了悲壮剧中的人物，报纸上报道说“名人说过，要继续对弈，纵使最后倒在棋盘上，那也是棋手的本愿”，将名人塑造成一位为艺献身之人。神经敏感的七段必须忘却对手的病，丢掉同情，战斗下去。

甚至连报社的围棋记者都说，让这样的病人下棋不符合人道主义。然而，千方百计地让名人继续对局的却正是举办这场引退棋的报社。报纸上正在连载这局棋，大受读者欢迎。我的“观战记”也大获成功，甚至吸引了很多不懂围棋的人。还有人私底下跟我说：名人应该是担心这盘棋下不完，怕丢了那巨额的对局费。这种猜疑未免太过穿凿。

总之，在下一个对局日，即八月十日的前一天夜里，全体总动员，试图说服大竹七段继续对局。大竹七段身上有股别扭劲儿，你说这他偏说那，像个任性的孩子，同时又很倔，看似点头同意了，其实不然。报社负责此事的记者和棋院的工作人员嘴笨，根本拿七段没办法。安永一四段是七段的朋友，了解他的脾气秉性，并且擅长处理纠纷。他主动要求劝说七段，却也无功而返。

深夜里，大竹夫人怀抱着婴儿从平塚赶了过来。她一直劝说大竹七段，最后实在劝烦了，便哭了起来。一边哭还一边跟七段讲道理，语气温柔，条理清晰，这不是聪明女人的劝说方式。旁观的我对真心哭诉的夫人深感敬佩。

夫人娘家在信州地狱谷的温泉旅馆。大竹七段和吴清源在地狱谷里闭门不出研究新布局的故事，在围棋界是广为人知。我早就听闻夫人年轻时是个美人。那些从志贺高原下到地狱谷的年轻诗人都说夫人姐妹漂亮。我便是从诗人那里听说的。

如今在箱根的旅馆中，我见到的却是一位为夫操劳的妻子，看上去毫不起眼，这让我有种期待落空的感觉。但她穿戴朴素，面容因操持家务而憔悴，那怀抱婴儿的模样中依稀可见当年的风采，一看就是位温柔贤妻。她怀抱的婴儿我不由得感叹自己从未见过有婴儿生得那般俊秀。八个月大的男婴，威风凛凛，身上好像凝聚着大竹七段的壮志雄心，长得白白净净，清清爽爽。

时至今日，虽已过去十二三年，大竹夫人每次见到我时，还是会提起那个孩子：“承蒙先生夸赞的婴孩……”据说她还常常教导那个少年说，“在你还是个婴儿的时候，浦上先生不就在报纸上夸过你吗？”

怀抱婴儿的夫人流着眼泪，苦苦央求，大竹七段好像有些动摇。他是个忠于家庭之人。

可是，在同意继续对弈后，大竹七段依然彻夜未眠，他还在苦恼。清晨五六点钟，他在旅馆走廊里走来走去，发出沉重缓慢的脚步声。一大早，他便穿好了带家徽的和服，闷闷不乐地横躺在正门大厅的长椅上。

二十六

名人的病情在十日的早晨也没有变化，医生允许他对局。名人的脸颊依旧浮肿，身体明显很虚弱。也是在那天早晨，工作人员询问名人当天的对局是安排在本馆还是别馆，名人回答说："我已经走不动了，所以……""不过之前大竹七段曾说本馆的瀑布声太吵……大竹先生说哪儿好就在哪儿。"瀑布用的是自来水，所以最终决定关掉瀑布，在本馆对局。但名人的话却让我的心中莫名涌起一丝夹杂着愤怒的哀伤。

名人自从全心投入这场棋局以后，就好像被夺了舍一样，所有的事情都听凭工作人员的安排，也不再像以往那样任性。即便是在大家因为名人患病而争论今后该怎么办的时候，作为关键人物的名人却始终在一旁发呆，好像事情跟他没有关系似的。

八月十日前夜，月光皎洁。清晨，强烈的阳光、鲜活的影子、亮眼的白云，无一不宣告着这场棋局迎来了头一次盛夏天气。合欢树尽情地伸展枝叶。大竹七段那短外褂上的白色系带十分显眼。

“不过，天气不再阴晴不定了，挺好。”名人夫人说道，却见她急剧消瘦，已然脱了相。大竹夫人也是睡眠不足，面无血色。两位夫人的脸粗糙干燥，目光中闪烁着不安，她们都是在担心自己的丈夫，心绪不宁。这倒也可以看作是她们利己主义的一种表现。

盛夏时节，室外阳光强烈，逆着光向室内看去，只见名人的身影更显昏暗阴森。对局室里所有人都低着头，没人看向名人。就连经常说些俏皮话的大竹七段，今天也始终沉默不语。

到了如此地步，还必须继续下去，围棋到底是什么？我不由得替名人心酸。我想起了直木三十五临去世前，曾在于他而言非常少有的一本私小说《我》中写道：“我非常羡慕别人下围棋。”“若说围棋没有价值，它绝对没有价值，若说围棋有价值，它又绝对有价值。”

直木一边逗弄着猫头鹰一边问：“你就没有伤心的事吗？”于是猫头鹰啄破了桌上的报纸，而那报纸上正在报道本因坊名人与吴清源的胜负之战。因为名人患病，那场棋赛宣布暂停后再未重新开棋。想到围棋奇妙的魅力与胜负的纯粹，直木试着去思考自己所创作的大众文学的价值。“近来我逐渐地对这种事情感到厌倦。今晚九点前，我必须写完三十页原稿，可现在已经是下午四点多了，不过我倒觉得无所谓了，逗弄猫头鹰玩一天也挺好。我不是为了自己，可又有谁知道我为了新闻事业和家庭付出了多少辛苦，而他们对我又是何其冷酷。”直木拼命写作，最后因过度劳累去世。我最初就是在直木三十五的引荐下，认识本因坊名人和吴清源的。

直木临终时像个鬼魂。如今我眼前的名人也像个鬼魂。

当天下了9手。大竹七段下黑99手时，到了约定好的封盘时间十二点半，于是大家决定留七段一个人思考。名人离开棋盘，房间里这才响起谈笑的声音。

“当学徒时，烟抽没了，我就抽烟袋……”名人慢慢抽着烟，口中说道，“我曾把袖子里的烟丝末都塞进烟袋锅里抽。即便那样也让我感到心满意足。”

丝丝凉风袭来。由于名人不在跟前，七段便脱掉了罗织外挂，陷入思考。

令人吃惊的是，当天对局暂停后，名人刚回到自己的房间，就立刻跟小野田六段下起了将棋。据说他下完将棋以后还打了麻将。

我心中压抑，在对局的旅馆里实在待不下去了，故而逃到塔泽的福住楼，在那里写了一回“观战记”，第二天便返回了轻井泽的山中小屋。

名人就像一个争胜负永远争不够的饿鬼。在房间闭门不出的对局无疑会更加伤身体，而以名人的性格，他不会发泄情绪，把一切都放在心里，所以能让他因对局而紧绷的大脑得到休息的，能让他离开围棋的，或许也只有输赢游戏。名人也从不出去散步。

以比赛为职业的人，对于其他的输赢之争大抵也是喜欢的。但名人的态度却与众不同，他从未轻轻松松地玩过什么，也不懂得适可而止，他耐力极好，玩起来就没完没了，整日整夜不休息。看起来他不是在消遣或解闷，倒像是被胜负之鬼吞噬了灵魂，令人毛骨悚然。就连打麻将和打台球时，也会跟下围棋时一样进入忘我之境。对手如何不胜其烦我们暂且不谈，至少名人自己永远真实且纯粹。名人沉迷的方式不同于常人，让人感觉他好像迷失在了一个遥远的地方。

从对局暂停到晚饭前的那么一点点时间，名人也会找人来比个输赢。见证人岩本六段晚上正在小酌之时，名人便迫不及待地过来叫他。

在箱根初次对局那天，对局暂停后，大竹七段一回到自己的房间，就对女服务员吩咐道："要是有棋盘的话，帮我拿一个过来。"后来房间里传出棋子落盘的声音，应该是七段在研究今天的棋局。而名人却是立刻换上浴衣，来到工作人员的房间，同我下起了二拨连珠，轻轻松松地赢了我五六局。

"二拨连珠有点儿像闹着玩似的，没意思，我们下将棋吧，浦上先生的房间里有。"名人说罢，便风风火火地先行起身离开。之后，他让一子飞车，与岩本六段下起了将棋，直到晚饭时才结束。微醺的六段盘腿大坐，一边下棋一边拍打着自己赤裸的大腿，最后输给了名人。

晚饭过后，还能依稀听到大竹七段的房间中传出棋子声。不过没过一会儿，大竹七段便下来了，让一子飞车，与砂田记者和我摆弄起了将棋。

"啊，我一下将棋就总想唱歌，不好意思啊。实际上，我很喜欢下将棋。至于我为什么没下将棋，而是下起了围棋，我想破脑袋也没想明白。比起围棋，我下将棋的年头更长。我四岁学会下将棋，学得早，为什么就是下不好呢……”大竹七段说罢，便大声唱起了童谣和民谣，甚至还把歌词换成他擅长的俏皮话。

“大竹先生是棋院里将棋下得最好的人吧。”名人说道。

“啊？先生也很厉害的，我可……”七段回答道：“日本棋院里可一个将棋初段都没有。和先生下连珠的话，恐怕得是定先的对局格。我不懂定式，光靠蛮力……先生可是连珠三段呢。”

“虽说是三段，大概也比不上专业人士的初段吧，专业人士很厉害的。”

“将棋的木村名人围棋下得如何？”

“大概是初段，如今好像更厉害了。”

在接下来与名人的平手战[①]中，大竹七段依然唱着歌。

“恰恰咔、恰恰、恰恰恰。”

名人也被他的歌声感染，跟着哼了起来。

“恰恰咔、恰恰、恰恰恰。”

这种事在名人身上是非常少见。名人的飞车攻入敌阵，看起来小占优势。

那个时候，下将棋还是一件快乐的事，可在名人病情加重后，输赢游戏也变得阴气弥漫。八月十日对局暂停后，名人越发喜欢找人玩点儿什么比个输赢，就像一个来自地狱的人。

下一次对局是在八月十四日。但名人身体太过虚弱，病情也越发

---

① 平手战：双方开局时互不让子。

严重，医生不允许他继续对局，工作人员也从旁劝阻，报社也断了念想。最后决定十四日只让名人下一手，之后这盘棋就宣布暂停。

对局者落座后，先是将棋盘上的棋子盒拿下来，放在自己膝前。对于名人来说，那棋子盒似乎很重。之后，双方要摆出上次暂停前的局面，也就是两个人按顺序重新落一遍子。起初，名人落子的声音仿若是棋子从指尖滑落一般，但越下越有劲儿，落子的声音也变得响亮。

名人一动不动，用了三十三分钟思考当天那一手。

按约定是以白100手封盘，名人却说："我还能再下一会儿。"他或许是来了兴致。工作人员赶紧商量，但因为有约在先，最终还是决定只下一手就结束。

"那……"白100手封盘后，名人依然凝视着棋盘。

"先生，这么长时间谢谢您了，您一定多保重……"大竹七段说道。

名人只是简短地回了声"好"之后便全由夫人代为答话。

"正好100手……这是第几次了？"七段问记录人员。

"第十次？东京两次，箱根八次？十次下了100手？平均每天十手。"

之后，我到名人的房间辞行，而名人却一动不动地凝视着庭院上空。

名人本应从箱根的旅馆直接住进驻地圣路加医院，不过听说他两三天内不能乘坐交通工具。

二十八

七月末，我的家人也搬到了轻井泽，我为了这盘棋，往来于箱根与轻井泽之间。单程需要大约七小时，所以我必须在对局前一天从山中小屋出发。对局要到傍晚才暂停，故而在返回轻井泽的途中我会在箱根或者东京住上一晚。一来一回要用三天时间。如果是五天对局一次，那么我回去后隔两天就又要出发，每天还要写“观战记”，在这恼人的多雨夏日，这么折腾身体确实吃不消，似乎是住在对局的旅馆里比较好。但实际上，我每次都是在对局暂停后急匆匆地吃上几口晚饭，就往家里返。

若是同名人和七段住在一个旅馆中，我在撰写他们的故事时会不知如何下笔。即使都在箱根，我也会从宫下跑到塔泽住宿。我一边撰写着他们的故事，一边又要在下一次对局时和他们见面，着实不便。报纸上的“观战记”作为一种娱乐消遣，为了吸引读者，博得好评，多少会调墨弄笔。外行人不可能弄懂高段棋手的棋，这盘棋要在报纸上连续报道六十七天，主要还是记录棋手的风采以及他们的一举一动。对我来说，与其说是看棋，倒不如说是看下棋之人。另外，对局的棋手是主人，工作人员和观战记者都是随从。要想以无比崇敬之心记述自己一知半解的围棋，就必须对棋手怀有敬爱之意。我不仅对胜负感兴趣，更是对棋道心怀感动，这完全是因为我已忘却自我，将所有注意力都放在了名人身上。

由于名人患病，引退棋终归走到了中断这一天。我就要返回轻井泽，情绪有些消沉。在上野车站，我刚把行李放上火车的网架，一位高个子的外国人就从隔着五六排的座位上站起身，径直朝我走来。

“那个是围棋吧。”

“是的，您懂得不少啊。”

“我也有，真是个伟大的发明。”

金属板棋盘能靠磁力吸住棋子，在火车上下也很方便，盖上盖子，旁人根本看不出那是什么，我一直随身带着，挺轻便的。

外国人用日语说道：“我们下一盘吧，围棋非常有意思，非常好。”说罢便迅速地将棋盘放在了自己的膝盖上。他腿长膝盖高，比放在我的膝盖上更方便下棋。

“我是十三级。”他说道，好像清楚地计算过一样。他是个美国人。

我先让了他六个子。他说他在日本棋院学习过，还跟知名的日本人下过棋。看样子是那么回事，但是不用心，下得飞快。他好像输了也不在乎，不管下多少盘都是草草了事，就好像为这种游戏努力争个输赢是白费力气。他会按照学到的样子郑重其事地摆开阵势，进攻招式很不错，但却毫无斗志。只要我稍做抵抗或者出其不意地进攻一下，他就会败下阵来，毫无争胜之心和抵抗之意，那感觉就像是我把一个懦弱的大男人摔在了地上，这让我心里很不舒服，甚至怀疑是不是自己心肠太坏。这不是棋艺高低的问题，而是没有回应，没有竞争。如果是一个日本人，无论棋艺多差，都会有勇于争胜的毅力和骨气，不会如此轻易放弃，他身上没有围棋的气势。我产生了一种异样的情绪，真切地感觉到那个人跟我不是一个民族。

就这样，我们从上野车站一直下到快到轻井泽车站，连续下了四个多小时。他不管输多少盘都不灰心，始终开朗乐观不认输，我快受不了了。他那纯真质朴的软弱，反倒显得是我在存心刁难。

可能是西洋人下围棋比较少见，有四五个乘客凑了过来，站在我俩旁边围观。我对此有些介意，可这个输得很惨的美国人却好像一点儿也不在乎。

对于这个美国人来说，下围棋就如同是用他从语法学起的外国话与人争论一样，况且只是下着玩儿，也没必要那么认真。总而言之，跟他下棋与跟日本人下棋完全不同，这一点是确定无疑的。我曾经想过，是不是西洋人不适合下围棋。之所以这么说，是因为我们在箱根的时候，经常会谈论类似“杜瓦尔博士所在的德国有五千名围棋爱好者”“围棋也开始走进美国”等的话题，我以一个初学围棋的美国人举例或许有些草率，但大家都说西洋人的围棋普遍缺乏气势。日本的围棋已经超越了诸如玩乐或游戏一类的概念，被视为一种艺道，其中蕴含着东洋自古流传的神秘与高尚品格。本因坊秀哉名人的“本因坊”也是来自京都寂光寺塔头之名。秀哉名人也已出家，在初代本因坊算砂（法号日海）的三百年忌辰时，被授予法号日温。在与美国人下棋的过程中，我能感受到他的国家没有围棋传统。

说到传统，围棋早在一千年前就从中国传入日本了，在那个漫长的年代里，日本的围棋智慧并没有培养起来。在中国，围棋被视为仙心的消遣，人们认为围棋中汇聚着天地元气，三百六十一路中蕴含着天地自然与人生法则。而将这些智慧奥秘发扬光大的正是日本。日本的精神已然超越了对外国文化的模仿与引进，这一点在围棋上表现得非常明显。

或许像围棋和将棋这样充满智慧的游戏和比赛，在其他民族是没有的。或许限时八十小时，耗时长达三个月的一盘棋赛，在其他国家也是没有的。围棋应该和能剧和茶道一样，早已深深植根于日本奇妙的传统文化之中。

我曾在箱根听秀哉名人谈起他的中国之旅，主要是说他在哪里同谁下了几目。我觉得中国的围棋也非常厉害，便问道："那么，中国的强手与日本的业余强手，水平差不多吧？"

"嗯，应该是的。中国的强手可能稍微弱些，不过业余棋手的水平大概相当。因为中国没有专业棋手……"

"如此看来，日本和中国的业余棋手水平都差不多，也就是说，如果中国也像日本一样培养专业棋手，中国人也是有那个资质的，是吗？"

"是的。"

"也就是很有希望吧？"

"有希望，不过短时间内很难……他们有很多水平相当高的棋手，不过好像他们用围棋来赌博的比较多。"

"不过，下围棋的资质还是有的吧？"

"有，像吴清源那样的人也会涌现出来……"

我当时打算不久后访问吴清源六段。我认真观看了引退棋的对局，于是很想看看吴六段是如何解说这盘棋的，也可以将之视为"观战记"的补遗。

这个天才出生于中国，生活在日本，这仿佛是某种天惠的象征。吴六段的天赋得到发挥，是在来到日本以后。自古以来，技艺卓绝的邻国人在日本获得尊重与荣誉的例子并不少见。时至今日依然如此，吴六段便是最好的例子。这个在中国没有进一步发展空间的天才，在日本得到了培养、爱护与厚遇。发现这个少年天才的也是在中国游历的日本棋手。吴清源还在中国时就已经开始学习日本棋书。我常常会感觉到比日本更加悠久的中国围棋的智慧在这个少年的身上闪闪发光。在那背后，巨大的光源沉没在深深的泥土之中。吴清源的才能是天生的，可即便如此，假使在幼年时期没有得到磨炼的机会，他的才能也得不到发挥,最终将被埋没。如今的日本也是一样，在萌芽阶段被耽误的棋才应该不在少数。不管是一个人还是一个民族，人的能力常常落得如此命运。对于一个民族来说，一定有很多智慧是过去曾经辉煌而如今衰落的，也一定有很多智慧从过去到现在一直被埋没，未来才会显现出来。

吴清源六段在富士见的高原疗养所静养。箱根每有对局，砂田记者都会前往富士见，取回吴六段解说的口述笔记。我再将这些笔记适当地插到“观战记”中。报社之所以选择吴六段来解说，也是因为他与大竹七段在年轻的现役棋手中并称双璧，无论实力还是声望都不相上下。

吴清源因为下棋过度伤了身体。他为中国和日本之间的战争痛心不已，曾写下随笔，表达了期盼早日和平，想与日华文人雅士在风光明媚的太湖上共同泛舟的美好心愿。在高原的病榻上，他阅读了《书经》《神仙通鉴》《吕祖全书》等诸多典籍。他于昭和十一年加入日本国籍，一度改用日本名“吴泉”。

我从箱根回到轻井泽时，学校正在放暑假。这个国际避暑胜地也混入了军事训练的学生队伍，时有枪声响起。我在文坛的二十余位熟人和朋友也应征入伍，参加了陆海军进攻汉口的战斗。我未被选中。没有随军出行的我在“观战记”中写道：“自古就有战时盛行围棋之说，军人在阵地上对弈的逸事并不少见。日本的武道与艺道之心息息相通，与宗教型人格亦有相似之处，围棋是最具代表性的象征。”

八月十八日，砂田记者顺路来轻井泽，邀我一同前往富士见。我们在小诸乘上了小海线列车。听一位乘客说，在八岳山麓的高原上，夜里会有很多像蜈蚣一样的虫子爬到铁道上乘凉，火车经过时将它们碾死，虫尸里的油脂弄得车轮都直打滑。当天夜里，我们在上诹访温泉的鹭之汤住了一晚，翌日清晨前往富士见的疗养所。

吴清源的病房在大门上方的二楼，角落里铺着两张榻榻米。吴六段将一个小木板棋盘放在组装好的木腿上，又铺上一个小垫子，一边摆棋一边解说。

我和直木三十五在伊东暖香园观战名人对局吴清源，还是在昭和七年，当时名人让了两子。六年前的那个时候，吴六段穿着藏蓝色碎白花纹筒袖和服，手指修长，脖颈光滑细嫩，像一个高贵的少女，给人一种睿智又楚楚可怜的感觉。如今，他的身上又平添了几分年轻僧侣般高贵优雅的气质。他的耳型和脸型一看就是富贵相，没人能像他一样，让人一看就知道是个天才。

吴六段滔滔不绝的解说着，我们在旁记着笔记。他不时地用手托腮，陷入沉思。窗外的栗树叶已被雨水淋湿。我问他对这盘棋有何看法。

“对，是细，我觉得非常细。”

对于一场在中盘阶段暂停，且有名人参战的棋局，其他棋手自然不会妄自预测胜负。我更希望吴六段能从名人和大竹七段的弈棋之法，也就是这盘棋的棋风着眼，将这盘棋作为一件艺术作品加以品评。

“这是非常精彩的一盘棋。”吴清源回答道。

“是啊，用一句话概括，就是这盘棋对两个人都非常重要，所以两个人都十分谨慎，下得特别稳，没有一手错着漏着，这是非常难得的。我觉得这盘棋非常精彩。”

“哦？”我不满足于这样的回答，追问道，“黑棋稳健厚实，这个我们也看出来了，那白棋也是吗？”

“是的，名人下得也很稳。如果一方下得稳，而对手不能稳健应对，那后面的盘面就会乱，就很难下了。毕竟有很多时间，又是如此重要的对局……”

吴六段的意见流于表面，无关痛痒，看来他不会说出我所期待的那种评判。他应我的提问，对于盘面形势做出细棋的判断，或许这个回答反倒非常大胆。

不过在那个时候，看到名人在对局中病倒，我对于这盘棋的感动情绪不断高涨，所以特别想听到一些触及精神层面的解说。

文艺春秋社的斋藤竜太郎当时正在附近的旅馆疗养，于是我们便在回程中顺道前去拜访。斋藤告诉我们，此前他一直住在吴清源隔壁的房间。

“夜深人静的时候，时不时会听到咔嗒咔嗒的棋子声，好像很厉害。”

斋藤还说吴清源待人友善，举止得体，总会把来探望他的客人送到大门口。

名人引退棋结束后不久，我同吴六段应邀前往南伊豆的下贺茂温泉，听他讲起了做梦梦到围棋的事情。他说他在梦中发现了妙手，醒来后还记得一部分棋形。

“下棋的时候，我常常会觉得这棋好像在哪里见过，我就想是不是在梦里见过呢。”吴六段说道。

据说在吴六段的梦里，出场次数最多的对手就是大竹七段。

据说名人住进圣路加医院前曾说过：“即使因为我的病，导致这盘棋暂时休战，我也不希望旁人拿这场未完成的棋局做文章，什么白棋好黑棋好的妄加评论。”这番话倒是很符合名人当时的风格。大概对于有些战术走势，对局者以外的人终究是无从知晓的吧。

这个时候，名人似乎对局势仍抱有期待。终局后，名人曾无意中向《东京日日新闻》的五井记者和我表露了他的想法：“住院前，我没认为白棋处于劣势。多少觉得有些不妙，但完全没有想到会输。”

黑99手为刺，切断了中腹斜向相邻的两颗白棋间的联络，白100手粘是名人住院前的一手。名人在后来的讲评中也曾提到，如果白100手不是粘，而是抑制右边的黑棋，防止黑棋进入白空，“恐怕之后的局面对于黑棋来说也不容乐观”。此外，白48手得以下在下边的星位，“必须承认，占领天王山，对于白棋来说也是满意的布局”。名人早在那时就认为白棋“非常有希望赢”，因此讲评道：“黑47手将天王山让给白棋，似乎过于稳健。难免会被认为是缓着。”

但是，大竹七段在发表对局者感想时说道：“如果黑47手不走得那么稳，就会给白棋留下施展手段的空间，那是我不想看到的。”另外，吴六段在解说时认为，黑47手为本手，是一种厚实的下法。

我始终在旁观战，当看到黑47手稳健地粘上，紧接着白棋占据下边星位大场的那一瞬间，我简直是大吃一惊。与其说我在这黑47手中感受到了大竹七段的棋风，倒不如说是感受到了七段面对这场棋局的坚定决心。黑棋迫使白棋在第三路爬，到黑47手前筑起坚实的壁垒，牢牢压制住白棋，看得出大竹七段已用尽全力。他步步为营，采用了一种绝不会输、也绝不会中对手计策的下法。

中盘百手前后，局面形成细棋，或者说形势不明，完全是黑棋所致。也许这反倒是大竹七段稳重沉着的对局策略。论厚实，黑棋胜出，七段是要转换成自己擅长的战法，即首先巩固己方领地，之后再不断侵削白棋模样。

大竹七段曾被称为是本因坊丈和名人转世。丈和享有古今第一力棋的赞誉,秀哉名人也常被比作丈和。他棋形厚实，以力战为主，靠力量取胜，棋风豪放猛烈。他善于应对危机，行棋华丽，富于变化，在业余棋手中也大受欢迎。业余棋手们曾经认为，只要名人与大竹七段硬碰硬地对弈，整盘棋就会激战连连，纷争不断，他们就能看到绚烂华美的棋局。然而，他们的期待彻底落空了。

大竹七段或许早有防备，知道正面应对秀哉名人的擅长招数会非常危险。他极力压缩名人的作战空间，以避免被诱入大范围作战或者错综复杂的局面之中，同时努力形成自己擅长的棋形。即使将大场让给白棋，自己也要稳稳当当地站住脚跟。这种稳健的下法不是消极，而是蕴藏着积极厚重的力量，充满了强大的自信。看似坚忍慎重，却内蓄力量，故而一旦锁定目标，势必会不时发起猛烈的攻击。

然而在一场棋局中，无论大竹七段如何防备，名人总是有机会强行挑起争端。白棋一开始就占住两角，采用了看似要大范围作战的下法。在白棋走目外，黑棋进三三的左上角，六十五岁的名人在人生最后一场决胜局中居然采用了新的招数。不久之后，这个角上果然风云骤起。如若名人当时是想让这盘棋变得更为艰难，那么他成功了。这盘棋毕竟太重要了，就连名人都避开了变化复杂的混战，选择了简单明了的下法。此后直到中盘，白棋多是按照黑棋的路数走。大竹七段一个人奋力拼杀，自然而然地形成了细棋的格局。

按照黑棋的这种下法，盘面形势变细是一种必然，或许是大竹七段在努力确保每一目都能存活下来，却也被视为白棋的成功。名人不是在施展特别的战术，也不是利用对手的恶手，他随着黑棋稳健坚实的进攻招数，如行云流水般从容应对，不慌不忙地在下边构成白棋模样，在不觉间让胜负形势变得微妙，这大概就是名人纯熟境界的体现吧。名人的棋力没有因为年事已高而衰退，也没有因为病痛折磨而减弱。

三十一

从圣路加医院回到世田谷宇奈根家中的本因坊秀哉名人曾说：“回想起来，我是七月八日离开这儿的，从夏天到秋天，我大概有八十天没待在家中了。”

那一天，名人尝试着在家附近走了二三百米，那是他两个月来走得最远的一次。在医院里一直躺着，导致双腿发软无力。出院两周以后，总算能坐直了。

“五十年来，我已经习惯正坐，反倒觉得盘腿坐很痛苦，可之前在医院里总在病床上躺着，导致我刚回来时根本坐不直，吃饭时就在前面搭块桌布，盖住双腿，盘腿坐着。说是盘腿，其实就是把两条细腿伸到前面。以前从没这样过。比赛开始前需要保持正坐，不能长时间正坐的人会受不了的，所以我一直在努力练习，看来还是不够。”

名人大爱的赛马季节也已到来。由于心脏不好，名人一直比较小心谨慎，但最终还是没能忍住。

“也是为了练练腿脚，我试着去了趟府中。看完赛马后，心情不由得就好了起来，突然涌起一股奇妙的力量，让我感觉自己能下棋了。不过回到家就筋疲力尽的，或许是因为心脏还很脆弱吧。可即便如此，我还是去看了两次赛马，下棋好像也没什么问题，今天我决定了，十八日左右继续对局。”

这是《东京日日新闻》的黑崎记者所记录的名人谈话。谈话中所说的“今天”就是十一月九日。名人引退棋于八月十四日在箱根宣布暂停，整整三个月后终于又要重新开棋。由于冬日将至，对局场地选定在伊东的暖香园。

名人夫妇在弟子村岛五段和日本棋院八幡干事的陪同下，于对局前三天，即十一月十五日抵达暖香园。大竹七段于十六日抵达。

伊豆的蜜柑山很美，海边的夏蜜柑和酸橙已是一片金黄。十五日阴天微寒，十六日下起小雨，广播里说各地都出现了降雪。然而十七日却很暖和，伊豆迎来了小阳春天气，空气中弥漫着香甜的气息。名人到音无神社和净池活动身体。对于讨厌散步的名人来说，是非常少见的。

在箱根对局的前夜，名人曾把理发师叫到旅馆里。来到伊东后也是一样，名人于十七日晚让理发师帮他剃了胡子。如同在箱根时那样，还是由夫人在后面撑着他的头。

“你那儿也能帮我把白头发染黑吗？”名人轻声问理发师，目光沉静地望向午后的庭院。

名人来之前在东京把白头发染黑了，对局前染黑白头发，这不太符合名人的风格。不过这毕竟是他对局中途病倒后重新开棋，如此注意仪表也是正常的。

平时总是短平头的名人，如今却留长发梳分头，还染成了黑色，总让人感觉有些奇怪。随着理发师的剃刀轻轻划过，名人深茶色的皮肤与高耸的颧骨便同时显露出来。

名人的脸已不像在箱根时那样苍白浮肿，但看起来还是不够健康。

我抵达暖香园后，立刻前往名人的房间问候。

“嗯，啊……”名人恍惚地答道，“我来这儿的前一天，曾去圣路加医院检查身体，饭田博士也有些疑惑。他说我的心脏一点儿没见好，这回肋膜又出现了少许积液。来到伊东后，我又找医生给看了看，结果说是支气管出了问题……可能是感冒了吧。”

“啊？”

我不知该说些什么。

“也就是说，之前的病还没治好，反倒又多了两种新病，变成三种病了。”

日本棋院和报社的人也都在场，有人对名人说：“先生，关于您身体的事，请不要跟大竹先生说……”

“为什么？”名人露出惊讶的神情。

“怕大竹先生发牢骚，事情就不好办了……”

“事实如此……瞒着可不好。”

“还是不告诉大竹先生的好。不然又会像在箱根时那样，因为你是个病人而被嫌弃。”名人夫人说道。

名人没有吭声。

被问到身体状况时，名人从不避讳，无论对谁都是实话实说。

名人断然戒掉了他引以为乐的晚间小酌和他喜爱的香烟。在箱根时几乎从不走动的他，来到伊东后也开始尽可能地到户外活动，尽量多吃些东西。来之前把白发染成黑色，这或许也是他暗下决心的一种体现。

当我问到这盘棋结束后是和往年一样到热海或伊东避寒，还是再次住院时，名人好像忽然打开了心扉似的说道：“嗯，实际上，问题是我会不会在那之前倒下……”

他说他能坚持到现在还没倒下，或许是因为他的“迷糊”。

三十二

在暖香园对局的前夜，对局室里换上了新的榻榻米。十一月十八日早晨，大家一进入那个房间，就闻到了新榻榻米的味道。曾在箱根用过的名棋盘被小杉四段从奈良屋搬来了这里。名人和大竹七段落座后，取下棋盒的盒盖，却发现黑棋子经过一个夏天已经发霉。旅馆的领班和女服务员都过来帮忙，当场把霉斑擦拭干净。

名人封盘的白100手被开启时，已是上午十点半。

黑99手为刺，切断了中腹斜向相邻的两颗白棋间的联络，白100手为粘。在箱根对局的最后一天，就只有下了这一手。名人曾在终局后讲评道：“白100手的粘，虽说是我在病重住院前封盘的一手棋，却有些遗憾，我考虑得还是不够周全。我本应在这里脱先，在‘18・十二’挡，巩固右下角的白空。虽说黑棋既然刺了，接下来势必会断，但白棋即使被断，也不会蒙受太大损失。如果白100手固守白空，恐怕之后的形势对于黑棋来说也不容乐观。”但是，白100手并非恶手，也没有因为这一手造成对白棋不利的形势。大竹七段早就料到名人势必会粘，旁人亦是如此。

如此看来，虽然白100手是封盘的一手，但大竹七段应该早在三个月前就预料到了。连我们这些外行人都能想到接下来的黑101手只能是打入右下角的白空，并且只能是二路棋筋小跳。可直到十二点午休，大竹七段也没落子。

中午休息时，名人走到庭院里，这也是很少见的。梅枝和松叶闪着亮光，八角金盘和石蕗已经开花。大竹七段房间下面的山茶树上，有一朵带斑点儿的花先开了。名人停下脚步，凝视着那朵山茶花。

午后，对局室的拉窗上映出松树的影子。白眼鸟飞进庭院，叫个不停。檐廊边的泉水里游动着体型硕大的鲤鱼，箱根奈良屋养的是锦鲤，这个旅馆养的是真鲤。

七段的黑101手迟迟未下，名人许是等累了，静静地闭上眼睛，好像睡着了一样。

观战的安永四段嘀咕道："这里很难下。"说完半盘着腿，也闭上了眼睛。

有什么难下的呢？我甚至怀疑七段是在拖延时间，故意不下"18・十三"小跳这一手。工作人员们也有些焦急。七段在发表对局者感想时说，他当时非常犹豫，不知应该走"18・十三"跳还是"18・十二"爬。名人在讲评时也曾说过，这里无论怎么走都是"得失难量"。可即便如此，作为重新开棋后的第一手，大竹七段居然用了三个半小时，总是让人感觉有些不正常。这一手落子时，秋日西斜，对局室里已亮起了灯。

名人仅用了五分钟就下出了白102手冲，断在了黑棋小跳中间。七段的黑105手又思考了四十二分钟。伊东对局的第一天仅下了5手，由黑105手封盘。

当天的对局，名人仅用了十分钟，而大竹七段却用了四小时十四分钟。从开局到现在，黑棋总计用时二十一小时二十分钟，时间之长可谓空前，已经超过规定时限四十小时的一半。

见证人小野田六段和岩本六段因出席日本棋院的段位赛，当天没有露面。

在箱根时，我曾听岩本六段说过："近来，大竹先生的棋下得阴沉。"

"下棋也分阴沉和明朗吗？"

"当然，那是棋手性格的一种体现。不过嘛，围棋本就是阴郁之物，给人一种阴沉的感觉。但是这种阴沉明朗无关胜败，并不是说大竹先生下得不好了……"

大竹七段在日本棋院的春季段位赛上八盘连败，而在报社举办的名人引退棋挑战者选拔赛上却得胜而归，成绩发生了惊人的反差。

黑棋针对名人的下法也算不上明朗。仿佛是要从地底骤然崛起或憋足力气高声呐喊似的，令人感到十分压抑。好像力量在凝聚碰撞，而不是自由流露。这种下法似乎开局就不轻松，之后更是咬紧对手不放。

据说棋手的性格大体分为两种。一种是下棋时总感觉自己下得不够好，另一种是总感觉自己下得不错。举例来说，如果大竹七段属于前者，那么吴清源六段就属于后者。

总感觉自己下得不够好的七段，对于这样一盘连他自己都承认形势非常胶着的棋局，如果没有做出准确的预判，应该是不会随随便便就落子的。

三十三

伊东首次续弈结束后，果然还是发生了纠纷。情况比较复杂，以至于下一次续弈的日期始终没有定下来。

和在箱根时一样，对于因名人生病而改变对局条件的要求，大竹七段拒绝接受。七段的态度比箱根那次更加坚决，大概也是吸取了箱根那次的教训。

“观战记”中不能记述对局背后的矛盾，所以我记得不是很准确，问题大概是出在对局的日程上。

最初约定的是每隔四天，也就是每五天对局一次，在箱根也是按照这个约定办的。虽说中间休息四天，但却要封闭在旅馆房间中，这样做反而会让老名人更加疲劳。在名人病情加重后，也曾提过要缩短四天的休息时间，但大竹七段坚决反对。最后只是将箱根的最后一次对局提前了一天，改在第四天续弈。但那天只是由名人下了一手。虽然对局日程的约定得到了遵守，可从上午十点下到下午四点的约定最终还是被打破了。

名人的心脏病已经是老毛病了，不知道何时才能根治，所以圣路加的稻田博士也是很勉强地同意了他的伊东之行，但希望他尽量在一个月内下完这盘棋。在伊东的第一天，坐在棋盘边的名人眼皮有些肿胀。

名人担心自己的病，所以想早日解脱。报社也是无论如何都想让这盘广受读者喜爱的棋下到终局。时间拖得越久就越危险。除了缩短对局日中间的休息时间外，别无他法。可大竹七段却不肯轻易答应。

“我跟大竹先生是老朋友，我试着劝劝他。”村岛五段说道。

当年，村岛和大竹都是关西的少年棋手，来到东京后，村岛入本因坊一门，大竹拜师铃木七段门下，两人是老交情，并且同为棋手也有交集。村岛五段好像挺乐观，觉得只要自己讲明道理好好劝说，大竹七段就会理解。谁知村岛五段却将名人身体不好的事也毫无隐瞒地说了出来，反而导致大竹七段的态度更加强硬。七段跟工作人员说：“你们向我隐瞒名人的病情，又要让我跟病人对局吗？”

名人的弟子村岛五段一直住在对局的旅馆里，总能与名人见面，或许大竹七段觉得这样做有损胜负的神圣，早就觉得很气愤了。既是名人弟子又是七段妹婿的前田六段此前去箱根时，都没有进入名人的房间，还住在了另一家旅馆里。试图利用友情和人情来改变本该很严肃的对局条件，这种做法或许也让大竹七段愤愤不平吧。

或许最重要的原因是大竹七段不想与年老的病人对战。更何况对手是名人，也让七段的处境更加艰难。

事情越谈越僵，大竹七段扬言不再继续对局。和在箱根时一样，大竹夫人带着孩子从平塚赶来劝说，一位名叫东乡的手掌疗法术者也被请了过来。大竹七段常向同伴推荐东乡的疗法，故而此人在棋手中也比较有名。据说七段不仅狂热地信奉东乡的疗法，在生活方面也非常重视东乡的意见。东乡的身上有出几分行者的气质。每天清早诵读《法华经》的七段，有着深信他人甚至依赖他人的一面，这也是他笃于恩义的一种表现吧。

“东乡先生说的话，大竹先生一定会听的。好像东乡先生的意思也是让他继续对弈……”工作人员说道。

大竹七段跟我说这是个好机会，建议我也让东乡先生检查一下身体，亲切而热心。我去了七段的房间，东乡通过我的手掌观察着我的身体状况，很快便说道：

“没有任何问题，体瘦但会长寿。”又过了一会儿，他将手掌朝向我的胸口，我摸了一下，发现右侧胸口处的棉袍变得温热，这太神奇了。东乡的手掌只是靠近我的胸口，并没有真正接触到，而且左右处于同等条件之下，右胸口的棉袍处是暖和的，可左侧却是冰凉的。按照东乡的说法，是我的右侧胸口处有类似毒素的东西，通过治疗会排出体外，从而产生温度。我的肺部或肋膜未曾有过自觉症状，拍X光片也没有发现问题，不过右侧胸口偶尔会感觉沉闷，也许是不知不觉中患上了轻微的疾病。就算受此影响，让东乡的手掌疗法显现出了疗效，可那种温热居然能穿透絮着棉花的棉袍，着实让我惊讶不已。

东乡对我说，这盘棋是大竹七段的重要使命，一旦放弃，七段一生都将被世人诟病。

名人只是等待工作人员们与七段的交涉结果，无事可做。没人会把详细的情况告诉名人，所以他应该并不知道问题越发复杂，对手甚至提出要放弃这盘棋。可是徒然度日只会让人倍感焦急，名人到川奈酒店去散心，我也受邀同行。翌日，我又邀请大竹七段一同前往。

虽然宣称要放弃棋局，但七段并没有回家，依然住在对局的旅馆里，由此我猜测他早晚会被安抚好并做出让步。果不其然，交涉在二十三日有了结果，最终的决定是每三天对局一次，下午四点暂停对局。自从十八日暂停对局后，问题终于在第五天得到了解决。

在箱根时，曾从五天对局一次改为四天对局一次，当时七段曾说过："只休息三天的话，无法消除疲劳。一天只下两个半小时，我提不起劲儿来。"这一次，中间休息的时间被缩短到了两天。

三十四

然而，双方好不容易达成和解，却又再遇障碍。

听说事情已经定下来了，名人便对工作人员说："那就赶快从明天开始吧。"

可大竹七段却说："明天休息一天，从后天开始对局。"

名人很消沉，一直在焦急地等待，当他知道要重新开棋以后，立刻来了精神，想马上对局，他只是单纯地想早点儿开始。可七段却心情复杂，非常谨慎。连日来的纠纷已经让七段的大脑非常疲劳，他想好好静下心来，调整好心态，重新投入对局。这是两人性格的差异。另外，由于这段时间太过劳心费神，七段的肚子一直不太舒服，再加上被带来旅馆的孩子得了感冒，还发起了高烧，疼爱孩子的七段自然非常担心，终归不可能在第二天对局。

但是，作为工作人员来说，让名人白白等到现在，事情已经办得非常不漂亮了，如今名人好不容易提起了干劲儿，却要因为大竹七段的关系再往后推迟一天，他们实在说不出口。既然名人说从明天开始，那就一定要从明天开始。鉴于名人和七段地位的差距，工作人员开始劝说七段，七段大怒。他此时情绪激动，更不可能答应，七段宣称要放弃这盘棋。

日本棋院的八幡干事和《东京日日新闻》的五井记者愣愣地坐在二楼的小房间里，一言不发，好像很累的样子。他们实在应付不来，看起来有点儿想放弃的意思，两个人都是话少嘴笨。晚饭过后，我也待在那个房间里。旅馆的女服务员过来找我。

“大竹先生说有话要对浦上先生讲，现在正在另一个房间里等您。”

“找我？”

我始料未及，那两个人也都看向我。在女服务员的带领下，我走进一个宽敞的房间，大竹七段正独自坐在那里。房间里放着火盆，却还是凉飕飕的。

“麻烦您过来一趟，真是不好意思，这么长时间以来，承蒙先生多方关照。我决定了，一定要放弃这盘棋，以现在这种情形，我无论如何都无法继续对弈下去。”七段突然说道。

“啊？”

“于是我就想跟先生见上一面，向先生表达谢意……”

我只不过是个观战记者，没有资格让七段特意跟我致谢，可现在七段却如此正式地向我致谢，这是彼此间友好关系的象征，同时也让我的立场发生了改变。我不能再充耳不闻，应一句“是吗”敷衍了事。

从箱根开始，无论发生任何纠纷，都与我没有关系，我始终只是个旁观者，从不插嘴多事。现在也一样，七段不是在跟我商量，而是在告诉我他的决定。然而，在同七段相对而坐，听他诉说心中不平的过程中，我第一次动了“可以说说我的意见，若能从中调停就好了”

的念头。

我大体是这样说的：虽然大竹七段作为秀哉名人引退棋的对手，凭借一己之力努力对局，可事实上，这不是大竹个人在对局，他是作为新时代的选手，作为传承历史的代表在与名人对局。在大竹七段被选拔出来以前，“名人引退棋挑战者决定战”持续了大约一年时间。首先在六段级的比赛中，久保松和前田获胜，之后两人加入铃木、濑越、加藤、大竹的七段级队伍，进行了六人循环赛。大竹七段连胜五人。连他从前的两位恩师——铃木和久保松也败在了他的手下。铃木七段希望能趁着自己正当年，以定先的对局格战胜名人，以获得互先对局的机会，但名人一直回避与其对局，据说这成了铃木七段一生的遗憾。按理说，让这样一位老恩师得到一次与名人对局的机会，应该是作为弟子应尽的情分，但大竹七段打败了铃木七段。而争夺最后胜利的是同样四连胜的久保松与大竹师徒二人。如此看来，从某种意义上讲，大竹七段是在替两位恩师与名人对局。比起铃木和久保松这样的元老，年轻的大竹七段才是真正的现役代表棋手。大竹七段唯一的挚友兼劲敌吴清源六段或许也称得上是与他实力相当的代表人物，不过却已经在五年前以新布局对战名人时落败。即便吴清源也获得了选手权，但当时的他还是五段，对于名人来说，那不是真正对等的对局，也就算不上是名人的引退棋。名人的上一次对局要追溯到十二三年前，当时的对手是雁金七段。不过那是日本棋院和棋正社的对抗战，雁金七段虽说是名人的宿敌，但他很早以前就已经被名人打败。那次对局，名人再次获胜。而“不败的名人”的最后一场对局就是这盘引退棋，其意义不同于之前与雁金七段或吴六段的对局。即使大竹七段战胜了名人，也不会立刻引起下一代名人的继任问题，引退棋是时代的更迭，是时代的交接，会给今后的围棋界带来新的活力。中止引退棋，就如同阻挡历史发展的潮流。大竹七段责任重大，若是因为自己的情绪或个人原因放弃对局，真的合适吗？大竹七段要到名人现在这个岁数，还得三十五年，比七段出生至今活过的年头还要长上五年。比起身处围棋昌盛时期，受日本棋院培养的大竹七段，名人过去所吃的辛苦是不一样的。从明治草创期到勃兴期，再到近年的昌盛期，名人始终肩负着历史的重任，是围棋界的第一人。让他下完这盘引退棋，为他的围棋生涯画上句号，难道不是后来人的应循之道吗？在箱根，名人虽然表现出一些病人的任性，但这位老人一直忍着病痛坚持对局。如今他身体还没康复，却坚持要在伊东下完这盘棋，来之前还把白头发染黑了。他是在用生命下这盘棋啊。还有，如果年轻的对手中途放弃这盘棋局，那世人都会同情名人，大竹七段就会成为被诟病的对象。即使七段有正当合理的理由，最终的结局也只会是双方争论不休或互曝丑事，世人不会知道事情的真相。这盘引退棋是历史性的对决，大竹七段放弃比赛一事也将会被记入围棋的历史。最重要的是，七段肩负着新时代的责任，如果他就此放弃，世人就会揣摩臆测终局胜负，就会弄得嘈杂丑陋的流言蜚语满天飞。年轻的后辈妨碍患病的老名人下完引退棋，这样做真的合适吗？

我断断续续地说了很多。然而七段始终不为所动，没有说要继续对局。当然，七段有正当的理由，况且他不断隐忍退让，内心早已积攒了很多不满的情绪。如果这次继续退让，就等于不考虑自身情况，要从明天开始对局。这种情况下，七段根本不能充分发挥，所以不对局才更符合他内心的想法。

“那就往后延一天，从后天开始对局，可以吗？”我问道。

“嗯，是啊，不过已经不行了。”

“如果是后天的话，大竹先生可以对局吧？”我反复追问。我跟大竹七段告辞，并没有说要去找名人商量。七段反复跟我说他要放弃这盘棋。

我回到工作人员的房间。五井记者枕着胳膊躺在那里，他说：“大竹先生说他不下了，是吧？”

“是的，说是先跟我谈谈这个事情。”

八幡干事也弓着肥胖的脊背，靠在桌子上。

“不过，好像只要将对局延后一天就行，我去拜托一下名人吧，看看能不能延后一天。”我说道。

“我去跟名人说行吗？”

我来到名人的房间。

“实际上，我是有事要求先生……”刚一坐下，我就开口说道：“按理说，这件事本不该由我开口，是我多事，不过我还是想恳请先生同意将明天的对局推迟到后天。大竹先生希望能延后一天，因为带来旅馆的小孩子生病了，发着高烧，大竹先生一直放心不下，而且听说他自己也在闹肚子……”

“行。”名人听完一愣，随即爽快地说道：“就这么办吧。”

我顿时湿了眼眶，我万没想到名人回答得如此痛快。

事情就这么简单地解决了，不过我没有即刻离开，而是同名人夫人说了会儿话。在那之后，名人没有再说一句关于延期或者关于对手大竹七段的话。延后一天看起来好像没什么，可名人苦等至今早已等倦了，终于盼到明天即将对局，却又被挫了斗志，对于比赛中的棋手来说，这绝不是一件小事，以至于工作人员都没能对名人说出口。我来恳求名人实属迫不得已，名人对此也必定有所察觉，他若无其事地答应了我的请求，令我深受感动。

我先是到工作人员的房间通知他们，之后又去了大竹七段的房间。

“名人说可以延后一天，后天对局也行。”

七段好像很意外。

“如此一来，就是名人让了大竹先生一步，若是再遇到什么事，请大竹先生也能让名人一步。”我说道。

在床边照顾病儿的夫人郑重其事地向我致谢。房间里一片凌乱。

约定时所说的后天，就是十一月二十五日。当天，对局如期进行。自十八日对局暂停以后，时隔七天终于重新开棋。见证人小野田六段和岩本六段也利用棋院段位赛的空闲，于头天晚上赶了过来。

名人身下是绯红缎面的坐垫，扶手是紫色的，看起来好像僧侣的座席。从首任名人棋所日海算砂开始，本因坊家均是僧籍。

“如今的名人也已出家，僧名日温，还有袈裟呢。”八幡干事说道。对局室里挂着半峰[1]题写的“生涯一片山水”的匾额。看着向右下倾斜的书法，我想起了报纸上有关高田早苗博士病重的报道。另一块匾额是中洲三岛毅博士的伊东十二胜记。隔壁八叠大的房间里，挂着云水僧的流浪诗挂轴。

名人旁边放着一个很大的椭圆形桐木火盆，因为怕感冒，还在身后放了一个长火盆，开水冒着蒸汽。七段请名人随意，名人戴着围巾，裹着看似毛线里毛毯面的防寒服。据说那天名人在发低烧。

开启封盘的黑105手后，名人仅用两分钟就下出了白106手，大竹七段却再次陷入长考。

“奇怪，到时间了吧。连如此豪杰都要用完四十小时，真是意想不到，开天辟地头一回啊。要白白浪费时间吗？这地方一分钟就能下完吧……”大竹七段不停嘀咕着，好像在说梦话。

天气阴沉，栗耳鹎啁啾不停。我走到走廊，看到泉水边盛开着两朵杜鹃花，还结着花蕾。灰鹡鸰也飞到走廊边。远处传来抽温泉水的马达声。

七段的黑107手用时一小时零三分钟。黑101手打入右下方的白棋模样，是先手十四五目。黑107手向右下角扩大地域，是后手约二十目。所有人的目光都聚焦如此，认为这两大实利大概都将归黑棋所有，果然还是得益于黑棋落子的顺序。

不过，此处轮到白子先手。名人神情严肃地闭着眼睛，轻轻调整着呼吸，不知不觉间血液上涌，脸上变成了紫铜色，脸颊的肌肉微

① 半峰：高田早苗，号半峰。

微抽动。他仿佛连风声和法华大鼓的声音都没听到。这一手名人用了四十七分钟。这是名人在伊东唯一一次长考。接下来的黑109手，大竹七段又用了两小时四十三分钟，之后封盘。这一天一共只下了4手。七段用时三小时四十六分钟，名人仅仅用时四十九分钟。“这种决定胜负的紧要关头，还会出现很多次，简直是要人命啊。”要去午休时，七段半开玩笑地说道。

白108手有两个意义，一是威胁左上角的黑棋，二是侵削中间的黑厚势，此外还能守住左边的白棋，是非常巧妙的一步棋。吴清源在解说时也曾说道：“白108手非常难下。我看的时候也特别关心这步棋到底会下在哪里。”

三十六

中间休息两天，第三天继续对局。当天早晨，名人和七段两人都说肚子疼。据说因为这个原因，大竹七段五点就醒了。

封盘的黑109手落子后，七段迅速脱掉裤裙起身离开。等他回到座位时，立刻就看到了白110手，便惊讶地说道：“已经下完了？”

“您不在的时候我先下了，失礼了……”名人说道。

七段抱着胳膊，听着风声，开口说道：“这还不是寒风吗？已经可以算是寒风了吧？毕竟都十一月二十八日了。”

昨晚刮西风，早上已渐平息，不过偶尔还会掠过天空。

由于白108手紧盯着左上角的黑棋，七段用黑109手和黑111手进行防守，左上角净活。从此角黑棋的棋形来看，若是白棋攻进来，则要么死要么劫活，就像是珍珑死活题，万般变化才是难点。

开启封盘的黑109手时，大竹七段说道："必须得处理一下这个角了。毕竟这是很久以前欠下的债，欠债就得付出高额利息。"之后，黑棋解开了这个角上的谜团，局势稳定下来。

那天上午，还没到十一点就已经下了5手，实属少见。但是，黑115手终于迎来决定胜负的关键时刻，即将开始侵削白棋的大模样，所以七段不可能轻易落子。

名人在等待黑棋落子的间隙，提起了热海的鳗鱼店重箱[1]和泽庄的事，还说起了往事，说当年汽车只能到横滨，之后要乘轿子，在小田原住一晚，才能到热海。

"那时候我大概十三岁，五十年前……"

"很早以前的事啦，那时候，我父亲恐怕还没出生呢……"大竹七段笑道。

七段在思考的过程中起身离开了两三次，说是肚子疼。他不在的时候，名人说道："耐力真好啊，已经一个多小时了吧。"

"马上就一个半小时了。"负责记录的少女答话间，正午的汽笛声已然响起。少女用她擅长的计时法计测着汽笛长鸣的时间，然后说道："正好一分钟，咻的一声响起时是五十五秒。"

回到座位的七段在额头上涂了些镇痛药，又用手指揉了揉，还把微笑牌眼药水放在了旁边。看到这副架势，大家都认为十二点半午休

---

① 店铺的字号。

前七段不会再走子了，不料十二点零八分，却响起了清脆的落子声。

靠在扶手上的名人不由得“嗯”了一声。之后他正襟危坐，收紧下巴，抬起上眼皮，似要把棋盘看穿。名人的眼皮很厚，睫毛与眼球间形成一道深沟，让他凝视的目光更显澄澈明亮。

黑115手还是延续七段一贯的稳健下法。白棋必须强有力地守住中腹的白空。午休时间已到。

下午，大竹七段在棋盘边刚坐下，就起身回房间给喉咙上药，回来时身上带着很大的药味儿。他又滴了些眼药水，还带着两个怀炉。

白116手用时二十二分钟，之后一直到白120手都下得很快。从棋形来看，白120手本应以稳健平缓的方式应对，但名人却坚决地挡住，构成了效率不高的空三角，这是要一决胜负的气势。因为稍有疏忽就会导致一目以上的损失，所以下这种细棋时是不能让步的。可面对这样有可能分出胜负的微妙一手，名人却只用了一分钟，让对手胆寒。他的脑袋微微颤抖，迅速地数着棋盘上的目数，看起来有些吓人，或许在下白120手之前，他就已经开始点空了。

还有一种下法，可以1目上下分出胜负，但白棋选择努力争取以2目取胜。面对这种情况，黑棋也就必须强势出击。大竹七段晃动着身体，圆圆的娃娃脸上头一次青筋暴起，扇扇子的声音越发急促起来。

名人素来怕冷，此时也打开了扇子，下意识地扇了起来。两人的样子让我不忍再看下去。过了片刻，名人松了口气，看起来轻松了许多。此时正轮到七段走棋，他说：“我一思考起来就没个完，感觉越来越热，失礼啦。”边说边脱掉外褂。受他的影响，名人也用双手将衣领翻到后面，伸了伸脖子，动作看起来怪模怪样的。

“好热，好热，又思考了好长时间，真愁人。看样子是要出恶手啦，感觉要出问题啦，”大竹七段嘴里念叨着，像是在努力控制急躁的情绪。经过一小时四十四分钟的长考，黑121手于下午三点四十三分封盘。

自从在伊东重新开棋后，一共对局了三天，从黑101手下到黑121手，一共下了21手，黑棋用时十一小时四十八分钟，白棋仅用一小时三十七分钟。若是平常的对局，大竹七段仅下11手就已经超时了。

黑棋白棋用时差距如此悬殊，只能说是名人和七段心理或生理上的某些因素导致的。事实上，名人本就属于那种花费时间反复推敲的棋风。

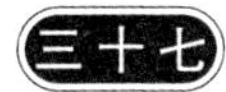

三十七

那几天每到夜里都会刮西风。但十二月一日对局日的早晨却艳阳高照，地面在阳光的照耀下仿佛冒着热气。

头一天白天，名人下了将棋，还去街上打了台球。晚上和岩本六段、村岛五段、八幡干事等人打麻将，一直玩到夜里十一点。对局当天的早上，名人不到八点就起了床，在庭院里散步。红蜻蜓飞落到庭院中。

大竹七段的房间在二楼，下面的枫树有一半叶子仍是绿的。七段七点半起床，他说他肚子特别疼，没准会倒下，桌上放着十多种药。

老名人的感冒总算是好了，可年轻七段的身体却出了各种各样的毛病。比起名人，七段的神经要敏感很多，这一点从两个人的体型上根本看不出来。名人离开对局室后，会努力忘记棋局，醉心于其他的胜负游戏，在自己的房间里也不会碰围棋子。但七段不同，即便是休息的日子，他也会对着棋盘，毫不懈怠地研究暂停的棋局。两人不光年龄上有差距，性格也大不相同。

十二月一日一大早，名人到工作人员的房间聊天。他说："神鹰号抵达啦，昨天夜里十点半……神速啊。"

对局室为东南朝向，灿烂的朝阳照在拉窗上。

然而在续弈前，却发生了一件奇怪的事情。

八幡干事让对局者检查完封印后，打开封口，手拿着棋谱，在棋盘上摆放棋子，他在棋谱上寻找封盘的黑121手，却始终没有找到。

负责封盘的棋手会在对手和工作人员都看不到的情况下，独自将下一手写到棋谱中，然后放进信封。前次对局暂停时，大竹七段是到走廊中写下棋谱的。对局者在那个信封上打了封印后，装进另一个大信封中，再由八幡干事封印起来，之后就一直存放在旅馆的保险柜中，直到下次重新开棋的早上再取出。所以，名人和八幡都不知道大竹七段封盘的那一手下在哪里。不过旁观者会进行各种猜测，大致可以推断出来，封盘的黑121手到底下在了哪里？这一手掀起了整盘棋的高潮，连观战的我们都紧张地屏住了呼吸。

不可能找不到的，可八幡在棋谱上忙忙叨叨地找了好一会儿，竟还是没有找到。最后好不容易找到了，他发出"啊"的一声，将黑棋摆在了棋盘上。

我距离棋盘较远，看不到那一手下在了哪里。即便当时知道那一手所下的位置，我也无法理解其中用意。黑121手下在了与激战正酣的中腹毫无关系、相隔甚远的上边。

就连外行人都能看出这一手完全是在制造劫材。我的心中郁郁不乐,无法平静。我怀疑大竹七段这一手是为了封盘而封盘，是利用封盘作为战术手段，我觉得这种做法懦弱而卑鄙。

“我以为会下到中腹呢……”八幡干事苦笑道，随即离开了棋盘。

当时攻防战迎来最高潮，黑棋正全力消减白棋从右下方向中腹构成的大模样，不可能抽身到别的地方。八幡干事始终将关注点放在中腹到右下方的战场上，也是理所当然。

针对黑121手，名人用122手在上边做眼活棋。如果脱先，8目白棋将被整块提掉。这样做就相当于是不应劫。

七段将手伸进棋盒，抓起棋子，却又想了好一会儿。名人将握成拳头的手放在膝上，歪头屏住了呼吸。

黑123手用时三分钟，最后果然是回过头来消减白空，首先侵削右下方。之后，黑127手再次将目标对准中腹。黑129手终于破入白空内部，将之前名人用白120手构成的空三角切断。

“或许是白120手的强势打压，让黑棋更加坚定了强势出击的决心，选择了从123手到129手这样的下法。这种下法在细棋中很常见。这是要决一胜负的气势。”吴六段解说道。

然而，名人对黑棋的奋力切断置之不理，脱先逆袭右边，压制住了黑棋的进攻。我大吃一惊，这一手实在出人意料。我仿佛被名人的阴森之气所击中，被压得喘不过气来。是名人发现大竹七段进攻目标明确的129手有隙可乘，所以才转身逆收官呢？还是先伤己再伤敌，想挑起更加激烈的搏杀呢？蕴含在白130手中的，与其说是名人决一胜负的气势，倒不如说是他的某种愤怒情绪。

“越来越精彩了，太精彩了，这一手……”大竹七段反复说道。

在他思考接下来的黑131手时，午饭时间到了。起身离开前，大竹七段还在念叨着：“先生下得太厉害了，这一手太可怕了，简直就是惊天动地啊。因为走了一步单官，结果被反制了……”

见证人岩本六段也感叹道：“所谓战争，应该就是这样吧。”

他的意思是说，在实战中会突然发生一些无法预知的事情，从而决定最终的命运，白130手便是如此。外行人自不用说，专业棋手的一切预测，乃至对局者的腹案研究，全都因为这一手转瞬成空。

我是个外行，当时的我还不知道白130手便是“不败的名人”的败着。

三十八

不过，由于局面不同寻常，中午休息时，也许是我不自觉地跟随着名人，也许是名人无意中对我发出了邀请，总之我们来到了名人的房间。刚一坐下，名人就开口说道：“这盘棋也完了，大竹先生封盘那一手毁了这盘棋，就像是好不容易画出来的画上被涂了墨。”声音很小但言辞激烈。

“看到那一手时，我真想过要弃了这盘棋。我的意思是说让这场对局到此结束……我觉得还是放弃的好，却下不了决心，又重新考虑了一下。”

当时是八幡干事在场还是五井记者在场，还是两个人都在场，我已经记不清了，总之我们都没有吭声。

“他就是下那样一手，然后用两天的休息时间研究啊，太狡诈了。”名人诉说着他的不满。

我们都没有答话。我们不能给名人帮腔，也不能替七段辩解。不过，我们都对名人的话深有同感。

只是，对局过程中我并没有察觉到名人竟然那么愤怒，那么心灰意冷，以至于想要放弃这盘棋。坐在棋盘边的名人始终未露声色，未曾有人察觉到名人内心如此激烈的动摇。

当时八幡干事在棋谱上寻找封盘的黑121手，最终找到并将棋子摆放在棋盘上，我的注意力已经完全被吸引了过去，在那期间一直没有看向名人。而名人在一分钟内就下出了白122手，那么短的时间我们自然无法察觉他的动摇。并且这一分钟也不是从八幡发现封手后开始计算的，名人落子的时候计时还没开始呢。尽管如此，名人还是在短时间内控制了情绪，保持住了对局的态度。

我万没想到，刚刚还在若无其事继续下棋的名人，居然会说出如此愤怒的话，这更让我深受触动。从六月到如今的十二月，名人始终坚守着这盘引退棋，此刻我似乎能感受到他的心情。

一直以来，名人都将这盘棋当成一件艺术品在雕琢。若是将这盘棋比作一幅画，那现在的情形就等同于在他兴致高涨的紧张时刻，画上突然被人涂了墨。围棋的黑白对弈也有其创作意图及结构，如同音乐一样，蕴含着心绪的波动和律调。若是突然蹦出奇怪的音阶，或者二重奏的搭档突然拨弄出奇怪的调子，那音乐就会被完全破坏。在围棋的世界里，有时也会因为对手的漏着或错着而毁掉一盘名局。总之，大竹七段的黑121手让所有人都感到意外、惊愕、奇怪并充满怀疑，它瞬间破坏了这盘棋的节奏与律调，这是无可争辩的事实。

果然，这封盘的一手在围棋圈乃至社会上引发物议沸腾。对于我们这些外行人来说，黑121手确实有些不正常和不自然，让人心里不舒服。不过后来也有专业棋手提出，黑121手就应该下在彼时彼处。

大竹七段在发表《对局者感想》一文时曾写过："黑121这一手我一直都在考虑，迟早是要下的。"

吴清源六段在解说时曾经提到，白棋在"5・一""6・一"一扳一粘后，"即使黑棋下了121手，白棋的122手也可以不应，而是下在'8・一'做活。这样一来，黑棋的劫材就很难发挥作用了。"他只是简单地说明了黑121手的意义。大竹七段下黑121手时，必定也是出于这样的考虑。

只是当时中腹战事正值高潮，又是黑121封盘，故而才会激怒名人，引起人们的猜疑。也就是说，如果封盘的那一手，即对局当天的最后一手难以落子时，大竹七段是作为权宜之计下出了黑121手的话，那么到三天后重新开棋之前，他就有足够的时间去研究当天最后一手应该下在哪里。在日本棋院的升段赛等对局中，最后一分钟进入读秒阶段时，不乏棋手不得已下出这种类似制造劫材的棋，以延长一分钟时限。有的棋手还会绞尽脑汁地利用暂停和封盘为己方创造有利条件。新的规则催生新的战法。自从在伊东重新开棋以来，连续四次都是黑棋封盘，这也许并非偶然。名人当时憋足了劲儿，连他自己都说“如果白120手松懈下来，我是不会满足的。”而接下来的一手就黑121。

不管怎么说，那天早上大竹七段的黑121让名人感到愤怒、沮丧和动摇，这是事实。

在终局后的讲评中，名人没有提及黑121手。

不过一年之后，在《名人围棋全集》的《打棋选集》讲评中，名人清楚明确地写道：“现在正是下黑121手的大好时机。”“需要注意的是，如果犹豫（即在白棋挡粘后），黑121手很可能失去效用。”

作为对局对手的名人都如此认为，那应该就没有问题吧。名人曾经很生气，是因为当时没有想到这一点。怀疑大竹七段的动机，也是因一时气愤所导致的误解。

或许名人是为自己当时未能看透而感到惭愧，才特意在此提到了黑121手。不过《打棋选集》的出版是在引退棋结束的一年以后，是在名人去世的大约半年前，所以很有可能是他想到黑121手让大竹七段遭人非议，才趁机平静地认可了那一手。

大竹七段所说的“迟早”，是否就是名人所说的“现在”呢？对于我这个外行来说，这仍是个谜。

为什么名人会下出白130的败着，也是个谜。

名人思考了二十七分钟，在上午十一点三十四分下出这一手。虽说思考近半个小时之后下错了棋也是当时的形势使然，但名人为什么不再等一个小时，待到午休结束后再下呢，这令我感到非常惋惜。若是离开棋盘休息一个小时，或许名人就能下出正着。或许名人是被过路的妖魔附身了吧？白棋的执棋时间还剩下二十三个小时，多用一两个小时根本不是问题。但名人没有利用午休时间。黑131手赶上了午休。

白130手是逆袭的一手，大竹七段也说自己“被反制了”，吴清源六段在解说中也说道：“这个地方很微妙。也就是说，被黑129手切断后，白棋希望利用130手先手得利。”然而，面对黑棋的奋力切断，白棋不应该脱先。在剑拔弩张的对峙中，某一方若松弛下来，就会立刻被对方击溃。

自从在伊东重新开棋以来，大竹七段反复推敲，坚韧顽强，谨慎扎实。129手断，是黑棋积蓄已久的力量的最终爆发。白130手脱先令我们感到惊愕，却似乎并没有令七段感到胆寒。白棋若是提掉右边的黑4目，黑棋大不了也就是闯进中腹的白空。七段没有回应白130手，而是从黑129手长出131手。名人的白132手果然还是返回到中腹治孤。或许白130手当时应该应了黑129手吧。

名人曾在讲评中感叹道：“白130手是败着。这一手应该先在‘15・九’切断，然后看黑棋如何应对。如果黑棋应在‘15・八’，那么130手就是正确的。换言之，黑131手即便长出，白棋也没有必要挡黑棋的‘16・十二’，就能不紧不慢地防备‘12・十一’。即便出现其他变化，局势也会比棋谱复杂得多，或许会演变成差距非常细微的争夺。黑133手以后的凌厉进攻，对白棋造成了致命的伤害。之后虽然努力控制局面，却已回天无力。”

这决定白棋命运的一手，或许也体现出名人在心理或身体方面出了问题。白130看起来是很厉害很老练的一手，作为外行人的我，当时想到的就是一直防守的名人打算主动出击，在这一手中，我也感受到了名人忍无可忍、愤怒暴躁的情绪。人们都说，如果白棋能先走一手切断黑棋就好了。名人应该不是因为今早对大竹七段封盘的一手感到愤怒才下出白130手的败着的吧，可谁又知道呢？就连名人都不知道自己心里是怎么想的，怎么就鬼使神差地下出了这一手。

名人下完白130手后，不知从哪里传来了悠扬的尺八声，盘面上紧张的气氛稍稍得到缓和。名人侧耳倾听，口中说道：“从高山望谷底，瓜和茄子已开花……这是尺八初学者首先要学的。有一种乐器比尺八少一个孔，叫作一节切。”那神情仿佛想起了什么往事。

大竹七段用了一小时十五分钟思考黑131手，中间还赶上午休。下午两点，大竹七段抓起棋子，却“哎”了一声，又思考了一分钟，然后落子。

看到黑131手后，名人依然胸膛高挺，他伸长脖子，急躁地敲打着桐木火盆的边缘，一边用敏锐的目光扫视棋盘，一边点空。

黑129手切断，黑133手将白棋三角形的另一边切断，打吃三目，之后直到黑139手接连打吃，迅速沿一条线压过去，发生了大竹七段所说的“惊天动地”的巨变。黑棋直接闯入白模样的正中央，我仿佛听到了白棋阵形轰然坍塌的声音。

白140手会直接长出逃脱呢，还是会提掉旁边的两目黑棋呢？名人不停地扇着扇子，无意识地嘀咕了一句："不知道，都一样，不知道。"

"不知道，不知道。"

然而令人没有想到的是，名人思考了二十八分钟就落子了。很快就到了三点钟，点心被端了上来。名人对七段说道："要不要来点儿蒸寿司？"

"我肚子有点儿不舒服……"

"要不要用寿司治一下？"名人说道。

名人下出白140手的时候，大竹七段说："我以为这一手会封盘呢，结果您又下……还是噼里啪啦下得飞快，真吃不消啊。没有比这更难熬的了。"

名人一直下到白144手，由黑145手封盘。大竹七段抓起棋子，刚要放下，却又陷入了沉思。到了暂停对局的时间，七段去走廊封盘时，名人依然神情严肃地扫视着盘面，一动不动。他的下眼皮微微浮肿，好像有些发烧。在伊东对局的过程中，名人频繁地看时间。

十二月四日清晨，名人对工作人员说："今天要是能下完，就下完吧。"

上午对局时，名人又对大竹七段也说道："我们今天就下完吧。"七段静静地点了点头。

作为一个忠实的观战记者，想到这盘历时半年的棋局终于要在今天迎来终局，我顿时百感交集。而对于名人的落败，所有人都已心知肚明。

早上，七段起身离开棋盘时，名人看着我们，轻轻微笑着说道："都下完了，没有地方下了。"

不知名人什么时候叫来的理发师，当天早上，他的头发已经剃得很短，像个和尚一样。他来伊东前把白头发染黑了，但依然和住院时一样留长发梳分头，如今却突然剃成了极短的平头。看来名人也喜欢给自己加戏，不过剃了头的名人确实清爽了不少，仿佛洗去了杂质，容光焕发，看起来更年轻。

十二月四日是周日，庭院的梅花也已绽开了一两朵。从周六开始，旅馆的客人就有些多，所以当天便将对局室挪到了新馆。名人隔壁就是我常住的房间。名人的房间安排在新馆靠里的角落，早在头天晚上，其正上方二楼的两个房间就被棋赛的工作人员占上了。这样做的目的是不让其他客人住进来，以保证名人的睡眠。大竹七段原本住在新馆的二楼，前一两天搬到了楼下。据说是因为身体不好，懒得上下楼梯。

新馆为正南朝向，庭院比较开阔，故而阳光会直射到棋盘旁。在等待开启黑145封手的那段时间，名人还是歪着脑袋凝视棋盘，眉头紧锁，摆出一副很严肃的架势。由于胜势越发明显，大竹七段落子也变快了。

终于进入收官阶段，棋手的紧张状态与布局和中盘时完全不同。神经更加敏感，呈现出来的姿态也平添了几分威慑感。如同拿着锋利的小太刀在激战，呼吸越发急促。仿佛能看到智慧之火在不停闪烁。

面对普通的棋局时，大竹七段通常会在最后一分钟才展现出可下百手的气势，奋力紧逼对手。可面对这盘棋，虽然还剩下六七个小时，时间充裕，但进入收官阶段后，大竹七段立刻奋勇搏击，一发不可收拾。他好像是在催促自己，常常不自觉地将手伸进棋盒，愣愣地出神，陷入沉思。就连名人也会在抓起棋子之后再犹豫一阵子。

看到这种收官的场景，就如同看到灵敏的机器或数学运算在飞速运转，那种秩序井然的美感令人心情舒畅。虽说是对局，却以一种美好的形式呈现出来。聚精会神的棋手让整个场景更美了几分。

从黑177手到180手，大竹七段有些出神，像是沉醉在自己内心满溢的情感之中，丰满圆润的脸上浮现出圆满具足的慈祥神情。或许他正沉浸在艺的法悦之中，神情中流露出一种无法言说之美。肚子不舒服之类的事情，似乎早已被抛到脑后。

在那之前，或许是因为太过担心，在房间里根本待不下去，大竹夫人怀抱着那个俊秀的桃太郎婴孩，在庭院里散步，始终远远地望着对局室。

从大海方向传来的汽笛长鸣声刚刚停歇，下完白186手的名人忽然抬起头来，冲着这边亲切地喊道："空着呢，座位空着呢。"

当天，由于秋季升段赛已经结束，小野田六段也赶来列席观战。此外，还有八幡干事、五井和砂田两位记者、《东京日日新闻》驻伊东的通信员等，这场引退棋的相关工作人员聚集于此，观战迫近尾声的终场对局。大家挤在隔壁的房间里，还有人站在隔扇后面。名人这是叫他们进来观战。

大竹七段慈祥的神情转瞬即逝，再次变得斗志昂扬。名人瘦小的身体岿然不动，显得格外高大，仿佛能让周遭一切都变得安静。他在不停地点空。七段下完黑191手后，名人低下头，忽然睁开眼睛，身子向前凑了凑。两人扇扇子的声音此起彼伏。黑195手赶上了午休。

下午又搬回到平时的对局室，也就是旧馆六号室。过晌时分，天空阴沉下来，乌鸦叫个不停。棋盘上亮起了灯。100烛光[①]的灯太亮，所以用的是60烛光的，棋盘上隐隐约约映出棋子的影子。或许是因为最后一天对局，旅馆在装饰上也花了心思。壁龛上的画轴换成了川端玉章的一对山水画，摆上了骑大象的佛像，旁边还有一盘贡品，盛满了胡萝卜、黄瓜、番茄、香菇和鸭儿芹等。

我早有耳闻，类似这种盛大的对局，接近终局时争夺会特别残酷，令人不忍直视，然而眼前的名人却气定神闲，单从态度上根本看不出是名人落败。200手前后，名人的脸颊开始发红，他头一回拿掉围巾，流露出一种紧迫感，但身姿依旧挺拔，岿然不动。下到最后的黑237手时，名人已经沉静下来。他默默地走了一步单官，小野田六段旋即说道："是五目吗？"

"嗯，是五目……"名人低喃道。他抬起微肿的眼皮，已经不打算再整地了。终局时间为下午两点四十二分。

第二天，发表完对局者感想后，名人面带微笑，一边整地一边说道："未整地的情况下是五目，不过……点空的结果是六十八对七十三。实际整地之后，应该更少些吧。"最后的结果是黑棋五十六

① 烛光：英制发光强度单位，同坎德拉。

目、白棋五十一目。

在白棋走出130手败着，导致黑棋攻入白模样之前，谁都没有预料到这盘棋会出现五目的差距。按照名人的说法，白130手之后，大约在160手时，白棋疏忽了“17・十八”的先手切却不自知，失去了“稍稍缩小胜负差距”的机会。如此看来，即便白棋走出了130手的败着，也才出现三到五目的差距，那如果没有白130手的败着，没有发生“惊天动地”的巨变，这盘棋的胜败又会怎样呢？会是黑棋输吗？外行人无从知晓，可我也不认为黑棋会输。看到大竹七段面对这盘棋的决心与态度，我基本上就已经确信：无论怎样艰难，黑棋都将获胜。

话说回来，六十五岁的老名人忍着病痛折磨，抵挡住现役第一人紧追不舍的凌厉攻势，甚至让对方失去了先手的优势，不得不说他已经下得非常厉害了。白棋没利用黑棋的恶手，也没施展特别的战术，就让盘面自然而然地形成了微妙的胜负形势。不过，大概是对病情的担忧，让他的耐力比不上对手吧。

“不败的名人”在引退棋中败北。

一位弟子曾说：“据说名人只有在面对排名第二，即仅次于自己的棋手时，才会全力以赴，这是他一贯的态度。”不管名人有没有亲口说过这样的话，至少终其一生，他都是这么做的。

终局翌日，我从伊东返回镰仓家中，没等写完长达六十六天的“观战记”，就去伊势和京都旅行了，就好像是要逃离这盘棋一样。

听说名人直接留在了伊东，体重增长了近两公斤，快到三十二公斤了。听说他还带着二十盒围棋去慰问伤员疗养所。从昭和十三年底开始，温泉旅馆已被改成伤员疗养所了。

四十一

虽说是引退棋后的第三年，不过由于还在正月，实际上也就才过了一年多。名人的师弟高桥四段开始在镰仓的家中教授围棋，名人带着门下弟子前田六段和村岛五段出席了开学仪式。那一天是一月七日。我又见到了久未谋面的名人。

名人强撑着下了两盘练习棋，看起来有些痛苦。他的指尖似乎夹不住棋子，那棋子轻轻掉落在棋盘上，没有声响。下到第二盘时，名人偶尔会呼吸困难，眼皮也有些浮肿。虽然不是很明显，但还是让我回想起了名人在箱根对局时的情景，名人的病情并没有好转。

当天只是与业余棋手下练习棋，所以对于名人来说根本不是问题，可名人还是马上进入了忘我之境。到了该去海滨酒店吃晚饭的时间，第二盘下到黑130手宣告结束。这盘棋名人与棋艺精湛的业余棋手初段对弈，名人让了四子。黑棋属于中盘发力的棋风，破了白棋的大模样，让白棋棋形变薄。

“黑棋是不是下得挺好？”我问高桥四段。

“嗯，是黑棋胜了。黑棋厚实，白棋处境比较艰难。”四段回答道。

“名人有些糊涂了，不再像从前那样，而是变得不堪一击。真的不能再下棋了，那盘引退棋之后，他明显衰老了。”

“好像是一下子就老了。”

“是啊。如今已彻底变成一个慈祥的老爷爷……如果他赢了那盘引退棋，应该不是现在这个样子吧。”

在海滨酒店临别前，我与名人相约热海再见。

名人夫妇于一月十五日抵达热海的鳞屋旅馆。而我一直住在聚乐旅馆。十六日下午，我同妻子前往鳞屋旅馆拜访。名人立刻拿出将棋棋盘，跟我下了两盘。我将棋下得不好，提不起劲儿来，虽然受让两子，却还是被轻松击败。名人再三挽留，希望我们留下来吃个晚饭再好好聊聊。

“今天太冷了，我们就先告辞了。等哪天暖和点儿，我再陪您去重箱或者竹叶[1]吧。”我婉言谢绝道。那一天雪花纷飞。名人喜欢吃鳗鱼。据说在我回去以后，名人洗了热水澡，是夫人将双手从他的腋下穿过，撑着他的身体帮他洗的。不久后名人上床休息，胸口开始疼痛，呼吸变得困难。第三天天没亮就停止了呼吸。高桥四段打来电话通知我。我打开防雨窗，发现太阳还没有升起。当时我就在想，是不是我前日的拜访对名人的身体造成了不好的影响呢。

“前天名人再三挽留，让我们一起吃晚饭，我们却……”妻子说道。

“是啊。”

“夫人也说了那么多挽留的话，我们却坚持回家，总觉得很内疚。夫人可是早就吩咐女服务员了，餐前小菜都准备好了啊。”

“这我知道，可是天气冷，我担心名人的身体出问题……”

“不知道他是不是这样理解的……都特意准备好了，我们却……也不知道他有没有不高兴。他是真心不想让我们走啊，还不如听他的

① 店铺的字号。

留下了。他是不是有些寂寞啊？”

“看上去是有些寂寞，不过他一直是那个样子。”

“那么冷的天，还把我们送到门口……”

“够了，不要再说了……可恶，可恶，我不想再看到有人去世了。”

名人的遗体当天就被运回了东京。从旅馆门口往汽车上搬时，裹在棉被里的遗体显得又细又小，好像根本没有身体一样。我们站在稍微远一点儿的地方，等待汽车出发。

“没有花啊。哎，哪儿有花店？去买些花来。车要开走了，你快点儿……”我吩咐妻子道。妻子跑着回来，我将花束递给了坐在灵车中的名人夫人。

本因坊秀哉名人引退棋

至100手

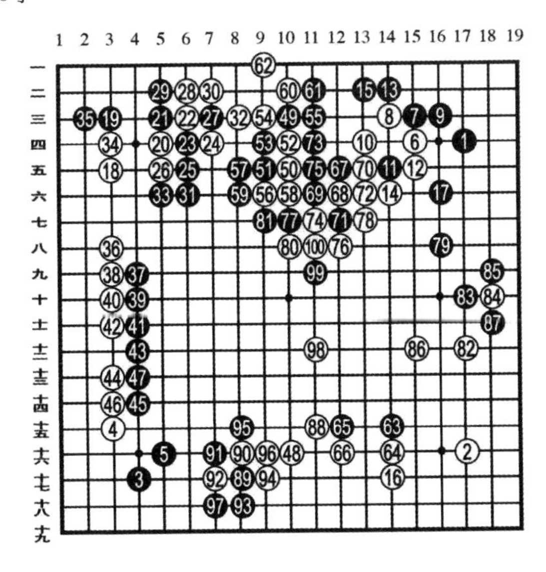

101手到237手终

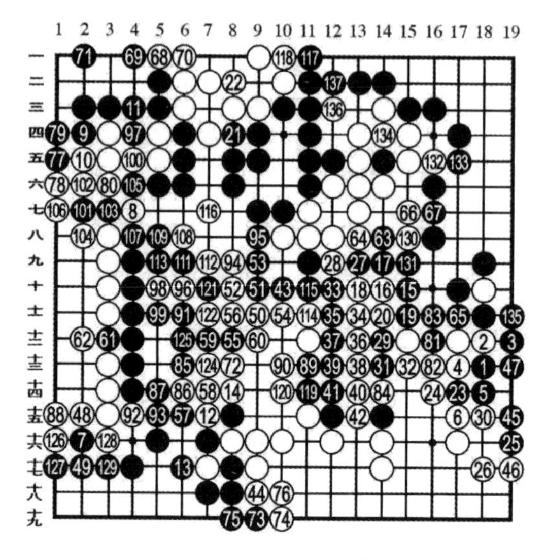

		合计用时
○110（3・七粘）	黑胜5目	（白）十九小时五十七分钟
●123（6・十粘）	限时各四十小时	（黑）三十四小时十九分钟